人生处处，总有相思凋碧树

别山举水 著

文化发展出版社
Cultural Development Press

图书在版编目（CIP）数据

人生处处，总有相思凋碧树 / 别山举水著 . －北京：文化发展出版社，2018.11
ISBN 978-7-5142-2465-8

Ⅰ . ①人… Ⅱ . ①别… Ⅲ . ①散文集－中国－当代
Ⅳ . ① I267

中国版本图书馆 CIP 数据核字（2018）第 250326 号

人生处处，总有相思凋碧树

别山举水 著

出 版 人 | 武　赫
主　　编 | 凌　翔
策划编辑 | 肖贵平　　**责任编辑** | 周　蕾
责任校对 | 岳智勇　　**责任印刷** | 杨　骏
责任设计 | 侯　铮　　**排版设计** | 浪波湾

出版发行 | 文化发展出版社（北京市翠微路 2 号　邮编：100036）
网　　址 | www.wenhuafazhan.com
经　　销 | 各地新华书店

印　　刷 | 三河市华东印刷有限公司
开　　本 | 787mm × 1092mm　1/16
字　　数 | 190 千字
印　　张 | 13
印　　次 | 2019 年 1 月第 1 版　　2020 年 2 月第 2 次印刷
定　　价 | 49.80 元
I S B N | 978-7-5142-2465-8

序

每个人都会有故乡，不管是城市还是乡村。而我，虽说现在一直在外，但也只是飘零如浮萍，总有一天会停下脚步，回到那个山村。

那儿的山山水水哺育了我二十余年，那儿的亲人朋友陪伴了我二十余载。他们给了我最温暖的关怀和最深切的疼爱，他们给了我最真挚的友谊和最淳朴的情怀。

有如血脉浓厚的亲情，有如大山质朴的乡情，有如山泉纯洁的友情，有如嫩芽初绽的爱情。这些情已浸润进我的骨子里，将痴缠我一生。无论我走在哪个方向，无论我泊在哪个渡口，无论我弓下身负重，无论我放下心思量，即便没有回头，那些山，那些水，那些人，那些情，也总让我热泪盈眶。

我有太多太多的话，不曾说出口，我有太多太多的理由，停下脚步。可是，人生如同一场修行，一旦上了路，就由不得你我。我只能拿起笔，做一个挖掘灵魂的囚徒，将自己的情感一次一次在纸上倾诉。

任那些爱再淌进心里，任那些情再在笔端漫游，串成一个个故事，留恋起一花一叶，珍惜起一老一幼，任自己在感动中沉睡，在感动中醒来，在感动中将未来看透。

那情中有人，那人中有情，那爱可寄托，那岁月不可追。

我人在异乡，心在故乡，我走街串巷看尽繁华，我却无力登上那道山梁，将故乡尽收眼底。我吆五喝六人模狗样，在故乡面前，我却羞怯如小姑娘。

只因那过去的，现在的，一份份真情，我无法逃避，无力抗拒，我跨不过那一份沉沉的牵挂和殷切的希冀。

我爱那儿的人，如同爱着自己的身体，我思念着那些情，如同思念着自己的灵魂。

所有遇过的人，感谢你们，留给我一段情。

别山举水　2018.4.18

目　录

第三辑　那些故土思与恋

第四辑　那些故事恋与怀

第五辑　那些故里怀与盼

第六辑　那些故乡盼与梦

第一辑　那些故园味与情

味　道

我这个人应该有一种很深的惰性，步子迈出去很沉，不喜欢做太多的改变。很多的行为习惯，言谈举止，在我身上会保存许多年。

比如吃的，一旦尝了什么味，只要合了口，再就不想跑第二家了。记得在三村住时，一出门口右拐，全是小吃店，油条、包子、葱油饼、煮鸡蛋、面条，应有尽有。每天清晨，人如流水，吆喝不断，各种味道在天空飞舞飘散。

我开始也挑挑拣拣了一阵，但总觉得不合心。后来，终于找着一家卖豆腐脑的店，脚步不再挪了，心也静下来了。

每天早晨，固定的时间，固定的分量，甚而至于，老板也给我留了固定的位置。我一落座，无须多言，一碗热气腾腾的豆腐脑就上来了。我只吃咸的，柔嫩洁白的豆腐脑上撒着一些切成丁块的腌萝卜，一些翠绿的葱花点缀其间，酱紫色的汤汁欲断还连，随着颤颤的豆腐脑微微抖着。

俯下身子，轻轻吹一口气，然后将汤汁与豆腐脑搅拌均匀。我其实很挑剔，不允许豆腐脑有一丁点块状，这样就差了味道。仿佛怕弄痛了它似的，我小心地铲起一勺豆腐脑，慢慢送入口中，豆腐在舌尖的拨弄下，顺着喉头柔柔地滑下，而那一腔香气闷在口里，氤氲着每一寸肌肤。

每每这时，我的眼就会微闭，像面对着那亲密的人，听着她急急的喘息，羞涩地生出万般的爱恋，慌不迭地扯住时间，细细地品味。

我的脑海里会幻化出 20 多年前的一幕幕，那是我辞别父母，初去武汉打工的时节。那时在砖厂，属于郊区，只有一处食堂，早餐有油条，豆腐脑，热干面。我不喜欢吃油条，炸得黑黑的，有点苦，割得舌头生痛。

那时我人瘦小，力气薄，挣不了多少钱。我有时想省去早餐，好积一些钱给家里。但每天都是甩着膀子卸煤或弓着腰拖砖坯，全靠力气，我根本承受不了。

于是，每天早晨花五毛钱，今日吃豆腐脑，明日吃热干面，打发着那贫瘠而艰苦的岁月。除非下暴雨或机器检修，我才休息。休息的时候，伙伴们都去市区玩，而我则窝在被子里，将耳麦塞进耳朵，打开收音机。一直到吃午饭的时候，我才起来。

我又攒下了五毛钱，我在日记中写道。

那个月，我叫人给母亲捎了五十块钱，让她给卧病在床的父亲炖些肉吃。

没多久，老乡回来了，包着钱的纸包原封不动，还给我带来了一双母亲亲手做的千层底布鞋。

来人只反复叮嘱我，正是长身体的时候，要好好吃饭。

自砖厂之后，我越走越远，回家的时间越来越短。直到将父亲走没了，母亲走没了，老屋走成一片废墟。

但不管走到哪儿，面对多少早餐美食，我独爱豆腐脑和热干面。

很可惜，在三村没住多久，我就搬到五村。我找遍了旮旮旯旯，都没有卖豆腐脑的，更不要说热干面了。

所幸，在一条小巷子里，我看到一家小吃店，里面有飘香拌面。分量不是很多，但很香，尤其是那一小勺芝麻酱，跟热干面一模一样。

每天早晨，踱步到店里，不需要打招呼，只一会儿工夫，老板娘踩着碎步，端着一碟拌面到我的面前。

舀上一勺焰红的辣椒油，淋在上面，一手扶住碟耳，一手拿筷子细细地搅拌，待到每一根面条都变成酱色，待到那浓郁的香味钻满了鼻孔，我俯下了身子。

筷子搛起，我咬上一口，这分明就是那熟悉的味道，多年以来，从不曾忘却的味道。

我要一直走

我喜欢走，喜欢慢慢地在路上走，喜欢边走边四处瞅。我的走，不仅仅是一步两步，嗒嗒嗒地，还回过头去数。我的走，看似漫不经心，其实时时提着心思，带着一种倔强，努力向前的走。

我会尽量少看手机，尽量不将手伸向裤兜，使眼睛不在那一方小小的屏幕上过多地逗留。我也不会刻意让我的目光，在你来我往的裤脚间巡游，寻找被人遗落的尘垢。

我不想分心，不想让我的情感在冷硬的玻璃及匆忙的脚步中溜走，我不想让我温润的心束缚在干涩与灰暗的后头，无药可救。

我要用手真切地触摸，用眼开阔地探看，用耳敏感地聆听，用鼻子倾心地体验这生命的长路，给自己的灵魂一个坦坦荡荡的交流。

我一直走，迎着五彩缤纷的岁月河流，不疾不徐，不骄不恼，不浪不愁，静静地感知、探索，发现并珍藏这个世界的温柔。

让它们一点一点地塑造我的性格，感染我的情怀，一点一点地积淀出我的感恩和从容，给予自己一个宽阔的出口，给予一个你们爱我的理由。

这绝不是只靠低着头随意地划拉，甩着手焦躁地狂奔，张着嘴漫天地呐喊，以及青天白日地梦游。

在路上，一直走，饱含着深情，背负着希望，坚定而踏实，执着而谦卑，向着前方誓不罢休。

在路上，一直走，无惧炎夏寒冬，不羡春花秋月，无意他讥你笑，不屑山高水阻，只将坎坷煮青春，任它热血洒路途。

在路上，一直走，不恨苍天老，不悲大地愁。

在路上，一直走，勿恋他乡好，勿忘故园秋。

终归有一日，所有的理想，所有的成就，在触手可及的前头，等着我去拥有。

厚积薄发的沉淀，铸就人生不可复制的风流。信手拈来的从容，在人生的高处，自由地走，惬意地回眸。

发现春天

天拧得变成铅色，窄窄地搁在两边密集的楼房上，像浮在静水的冰，傲慢得有些生硬。

浮冰之下，是各种颜色的屋顶，以及大块小块的玻璃，绷得平平的。在某一处窗沿，生生地挤出一支竹竿或铁棍，招摇着一两件布衫，被风向后拖着。

一束束黑色的线缆，穿梭在线杆与树木的枝丫间，慵懒而麻木。偶尔有几束很不情愿地纠缠一下，便极速地分开，沿着自己的轨迹，掉头而去。

地上是浅黑的沥青面，被一些白杠杠或黄叉叉无情地分割，向两头斜斜地缓行。

一头，见不到头，另一头，也见不到头。

一头，被一些小车、公交、电瓶车拽着迎面而来，另一头，被一些白的网球鞋、黑的皮鞋、花的裙子、黄的头发簇拥着徐徐而来。

我夹在淮海路的中间，沉在浮冰的下面，努力地昂起头，想要走出一条自己的路线。

楼顶依旧高耸，错落得留不下一丝缝隙，玻璃悠闲地将黯淡泛出光彩，里面寻不见我孤独的影子。有水珠落在我的脸上，那并不是天空的眼泪。老天从来都很吝啬，它只会命令风去告诉悬摆的衣衫，将我无故地捉弄。

线缆笔直地骑在我的头上，不发出一点声音。即使纠缠，也不屑于挡住我的视线。

路面是黑的，无论我怎么用力，也留不下白的颜色。面前有无数的声音在舞蹈，却从不曾为我表演。身旁流动着无数的风景，我却掬不着一捧春。

就那样走着，我以为，就那样走着，会穿过这压抑的迷茫，找到一个破冰的地方。

忽然，一片浅黄的绒毛掉下来，落在我的脖颈。忽然，又一片浅黄的绒毛掉下来，落在我的睫毛上，引诱着我扯出向上的目光。

春天正茂盛着呢，在那斑驳的梧桐树上，不声不响。虽然碗口粗的枝杈被锯得突兀冷森，但那上面一簇簇翠绿的嫩枝，已然倔强着向上生长，露出刺破一切的锋芒。

那些盎然绿意之间，还不时探出一两只路灯。它们就那样静默着，如同等了千年万年。

有什么理由将它们忽略呢，难道仅仅是因为白天，它们不发光，不耀眼。

而我又有什么理由忽略那整个春天呢，难道就因为天灰一点，心闷一点，人烦一点。

它们一直在那儿呢，枝上有，土里也有，地上有，天上也有，黑夜有，白天也有。

只不过是，我们能不能看见，无论悲哀还是欣喜，孤独还是狂欢，脸上还是心间。

雨中漫想

下雨了，应该是昨天夜里，趁我睡着了时，就开始了。雨下得很稀很细，如同随意抛撒的一捧绣花针，有的直着，有的斜着，向地上插去。

我不习惯打伞，在我这样的年纪，的确有些不应该。从小到大，我一直无法说服自己，包括母亲。那时候，不管天如何阴，有经验的人如何预测，哪怕已经下起了雨，我还是执拗地往外走。

母亲总是在后面跑着撵着，拿着草帽或斗笠，或者腋下夹着油布雨衣，“你个犟性子种，蓬头在雨里淋。以后上了年纪毛病多，还有，头上要长虱子呢。”

如今，我有了一些毛病，我不知道是不是淋雨遗下的祸根。只是在我唉声叹气时，总会没来由地想起母亲。但那时，头上的确有不少的虱子，即使没淋雨，虱子也会疯狂地长。

有时我双手抱着脑袋抓，恨不得揪光我所有的头发。母亲看到了，会招手让我偎在她怀里，她像寻着禾苗中的杂草，将我的头发一点一点向后分去。不时地，扯住一两根发丝，两个拇指盖一挤，“啪”的一声，一只虱子没了命。将所有的头发翻一遍后，母亲还会拿来篦子，让我将头低垂在桌面，她挽起一蓬蓬头发，用篦子细细地梳。很快，桌面上便满布了头皮屑、断发丝和一些肉乎乎的蠕动的虱子。

最后，母亲会洗净满指甲的虱子血，拿来肥皂或皂角，给我洗一遍头发，边洗还边唠叨，“听着没有，再莫要逞强，在雨中随意地淋。”

说来惭愧，一直到高中，我的头上还有虱子。有时为一道数学题愁眉不展，急得抱头抓时，竟会飘落一两只虱子，吓得我赶紧伏下身子，偷偷灭掉，生怕同桌的女生看到。

后来，我还将母亲那把篦子不声不响地带到学校，揣在口袋里，在无人的角落时不时篦一下。许多同学看我发型打理得好，以为我恋爱了。

母亲一直不知道那只篦子的下落。直到去年，我翻箱倒柜寻找高中时的课本，一只篦子赫然从一本书中抖落，断了许多齿，但还有一种油油的味道。

现在，无论淋多少雨，头上再也没长过虱子。只是在雨中，母亲的话会像一片影子，在脑袋中飘来飘去，有的扎在心里，有的还是没听进去。

雨依旧不紧不慢，我依旧蓬头慢慢前行。

也许是怕雨伞盖住天空，也许是怕雨伞遮住眼睛，也许是怕思念不够辽远，也许是怕寻不见那些挂念的人。

其实，雨也就是那样，打的伞多了，人们跑得急了，它也就很大了。其实，人生也是那样，走得匆忙了，变得焦虑了，便少了许多的风景，少了许多的单纯。

也少了许多的感恩。

藏在心中的春

轻风一吹，微雨一落，春天就伴着阳光日渐生长的力量，施施然地来到了人间的四面八方。

不管是山旮旯，水洼边，还是水泥缝里，也不管是野生的，还是家养的，只要有生命，那些植物沾了雨露，全都开始怀春，为了延续，进入了又一个轮回。

这块草坪属于公共场所，所幸没有被周围的居民用锹或篱笆一块一块地蚕食。草坪上长满了各种或浓绿或鹅黄的杂草和低矮的植物，有的冒出瘦瘦的脖颈，有的撑起星星点点的花，贪婪地呼吸着从高楼的缝隙挤进来的风，漏进来的雨水和偷偷逸进来的阳光。

只要施予阳光雨水，大地绝不吝啬它对人类的馈赠。这不，此时的草坪上，东一棵西一棵的蒲公英，顶着圆盘状的黄花，向早起的人们展现它们羞涩的美。

人类往往看到美好的东西，从骨子里早已习惯了摧残。说得冠冕堂皇一些，那不是摧残，那是为人类造福，只要我写点文字歌颂它们，它们就应该感激涕零，欢呼人类再造之恩。

这点蒲公英如果长在牡丹花丛中，那就与美好不沾边了，也许早就被践踏成泥，不见片叶。但它长在这杂草中，且能开出艳艳的花，瞧它那微微摇曳的身姿，当知道它的内心欢畅无比。

当清晨的第一缕阳光尚未幸运地洒在它们身上时，一片片铲刀扼杀了它们的向往。许多居民拿着铲刀，提着方便袋，将它们连根铲起。

“野生的，纯绿色的，好吃。”

“可以清炒，也可凉拌呢。”

“还是药呢，可以泡着喝。哈哈，争取长命百岁。”

可怕的是，人们不光自己鼓起劲去摧毁，还会千方百计地拉上同伴。甚至，那些本无所谓的看客，也很快被感染，用手抠，用石头砸。即使只有三两棵，即使一会儿便觉得毫无用处，起码在这时，也要拼了命地寻找，拼了命地斩草除根。

譬如我，一听说可以清火解毒，立即放下书本，弓起身子，如同草鸡觅食，四处翻腾起来。

很快，我的双手沾满了泥，我的面上满是汗水，我的腰坠得隐隐作痛，但我顾不了这些，无论一蓬，无论单支，无论老得掐不动，无论嫩得一捻就断，统统进入我的袋子。

人多力量大，整个草坪再也见不着一棵蒲公英。但人们并不气馁，相约着下个礼拜再来。

“这东西贱着呢，四处生长。过不了几天，又会冒出好多，到时再来让它们干翘翘，哈哈。”

我也学着人们的样子，将蒲公英洗干净，然后放在阳台上晒。为了更快地享用它，以灭了我心中的热火，我非常上心，不时地翻晒它。

这两天太阳真大，加上我的勤奋，很快，蒲公英的叶子全都卷着边，包得紧紧的，原来笔芯那么大的茎已枯萎得如同丝线。用手触动它们，便发出沙沙的响声，一些叶子趁机脱离，撵着清风而去。

它的生命早已蒸发进丝丝缕缕的空气中，飘飘荡荡不知来路了。然而，它的生命依旧在它的身上，并倔强地展开给我看。

原来那些金黄的花朵，逐渐失去了水分，风干得苍老而又单薄，忽而某一天，趁我不注意的时候，它们蓬松开来，一眨眼白了头。它们的种子在那绒毛当中若隐若现，期待来一场春风，将它们吹散，落在泥土里，生长出下一个春天。

它们的白头并不是忧愁所致，并不是愤懑所致，并不是被无情践踏的痛苦所致，而是一种拼死以赴的追求，一种绝地反击的成熟，一种死了都要爱的执着。

即使肉身不存，即使根系已朽，即使魂飞魄散，也要满怀希望，蓄积出种子，迎接下一个春天。

只是，在这个春天还没结束时，我的火气一下蹿上来，将它们丢弃在阳台之下。

茎和叶落在土地上，已无法分辨。有种子邂逅了风，开始了生命的舞蹈。

不知道来年，它们又能遇见什么样的人。也许它们已不屑为这个问题所困扰，反正到哪儿，都是一样的命运。

春在它们心里，人们看不见。

扑入你的胸膛，抓起一把希望

我带着伤，手上的，脚上的，两手空空，脚步踉跄，奔向故乡。路很长，近千公里，时间很短，爬上动车，五个小时，即可见到它的模样。

一路彷徨，水不想多喝，食不想多吃，一直憋着，连洗手间也不上，自己跟自己如同仇人，做着不动声色的较量。有时看看窗外，一棵棵树，一幢幢楼，一片片庄稼，扯着脚步朝后移成一面面墙。有时瞧瞧车内，人来人往，有的饿得急，有的憋得慌，有的为了寻得一个位子，来回晃荡。

车外亮堂，满目仓皇，车内狭窄，人心如同划动的桨。

每年每次都如此，人不知还是不是那些人，车不知是不是那辆车，这些倒从没放心上，毕竟，来来往往，皆是过客，匆匆忙忙。反正路总是那条路，有时弯有时直，有时下有时上。该在哪儿停，该将哪儿忘，早已被人安排，只要不走错方向。

将手机摁灭又摁亮，将消息一遍遍翻个精光，闲的人一直闲，忙的人一直忙，有的人也如我，只缩在某处无聊地观望。想要静下心来，划拉一些文字，无论怎样刮肚搜肠，竟如同喝了忘情水，灌了迷魂汤。中华几千个文字，居然倏忽完全与我陌生了，不管怎么排列组合，硬是生不出蓬勃的气象。想要让它们书写暗处的情怀，想要让它们舔尽心底的伤，看来又只能空梦一场。

干脆闭上眼，任耳旁嘈杂，任眼前迷茫，什么也不想，让未来很快就来，让现在即刻成过往。反正我也静不下来，反正也没什么为我而静，车并不因我的不在乎而慌里慌张，人并不因我的忽略而恢复平常，手机并不因我的放弃而叫得更加响。一切都有自己既定的步伐和方向，无论是静默还是张狂，命运里并不会无风就起浪。

我思，我想，我痛，我伤，又有何人肯蹲下身子端详，洒下几滴泪水在路口为我徜徉，就是别人偶尔察觉，我也一门心思掩藏。尽管自己的天空在下雨，我依然只想让你看见阳光，哪怕是昨日的也无妨。

虽然这条路我走了又走，虽然依旧看不到希望，虽然时间永是流淌，虽然岁月总在变幻模样，可我想要的，依然如美人在墙。似乎够得着，摸得着，但她从来不属于我，夜未央，从来不会为我将灯点亮，从来不会为我铺床，掬一瓣月光，陪我在梦里地久天长。

虽然依然我一个人闯荡，虽然依然没有心爱的姑娘，虽然没有充足的口粮，但我并不想一路颓丧，毕竟还有一点单薄的理想。至少在今天，在我孤单一人时，在我无聊透顶，目光不知所往时，我闭上了眼，我还是清楚，我从一个不属于我的地方，即将进入一个让我安心的地方。

我会慢慢抹掉那些痛和忧伤，押着自己的执拗，捧着自己柔软的心房，用笔，一画一画，书写那一直渴望、一直求索的辉煌。

尽管现在，我的思想无法聚拢，我的文字无法描述，但我已动身，在路上。用脚步，用心，将动车和远方踩得咚咚响。

别了，一些纠缠的过往，一些黯然的沧桑，来了，我的故乡，让我扑入你的怀中，将容颜和心温润得无限芬芳，抓满前行的力量。

缘　分

总会遇到一些人，有些人注定是你生命里的癌症，而有些人只是一个喷嚏而已。这一切，据说都是“因了冥冥中的缘分”。

而生活总是给我太多的馈赠，让“缘分”来得恰如其分，使我避开那些无法靠近的人，而相逢更多上辈子已经久等的人。

这些人也许只是清晨的一场聊天，也许只是一杯茶的气氛，也许只是深夜拼却一场的宿醉，也许只是三两次晤面后的背影，但这就足够了。因为，前世我们已经蓄积了太多的精神，今生你们已经走进了我的内心，下一辈子我们还会继续追寻。

我又如何敢作别的奢求呢，这样就够了啊。那灵魂触碰的刹那，激荡出多少芳华，那情思泛滥的五彩缤纷，洋溢了多少的青春。那丝丝缕缕的挂念，那意切情真的叮咛，那心头的眼底的温存，犹如沙漠里的水，犹如北极焕发的春，将永远滋润鲜活着渐行渐远，渐朽渐枯的流浪人。

你本无意穿堂风，偏偏孤倨引山洪。你分明是有意的啊，不然，如何让我拼凑起此生的幸运，在滚滚红尘，于亿兆人中与你一见倾心，在那个落英缤纷的晚春。

从此，我的身边多了一盏灯，心上贴着一颗心，我的回忆不会孤独，我的前路不会冷冷清清，我的未来有着无限的可能。

徐志摩说：我懂你，像懂自己一样深刻。我说：你懂我，像懂自己一样纯真。

这世界会有一个人，懂你的言外之意，懂你的欲言又止，懂你的强颜欢笑，懂你的欲罢不能……

这世界会有一个人，懂我的患得患失，懂我的忧郁苦闷，懂我的放纵张狂，懂我的冷漠无情……

这世界会有两个人，懂得海上飘扬的帆，懂得天边消逝的云，懂得昨天滴落的雨，懂得今天失落的心，懂得眉眼的喜悦，懂得心头的愁恨。

懂得把握缘分，懂得珍惜缘分，懂得一起抵抗生命中的寒冷，懂得一起拥抱生命中的温存，懂得一起对付生命中的癌症，懂得一起享受生命中的情分。

据说，聚散，悲欢，爱恨，懂与不懂，冥冥之中都是缘分。

为你守候

等待是一生中最初的苍老，是令人日渐消瘦的心事，是举箸前莫名的伤悲，是记忆里一场不散的筵席，是不能饮不可饮，也要拼却的一醉。

这是席慕蓉的一段话，我在年轻时就曾看到。虽然那时的物资匮乏，虽然那时的人生并不顺遂，但那时的容颜不曾衰老，那时的心境不曾沧桑。可是一读到这段文字，我还是心中一痛，莫名地伤感起来，仿佛预知到在不久的将来，在很久的将来，在以后不断走过的人生里，必将是一场场告别和一场场等待，交替而来。

那些在生命各个进程中出现的，有意或不经意的，或者一朵盛开的花，或者一片飘落的叶，或者一只飞翔的鸟，或者一块静默的石头，亦如那些来了又走的人，在多年以后，在某个回望的瞬间，也会让我们停下脚步，开始一场寂寞的等待。

其实，再怎么等待，它们又如何能回来。我们只是想再看看那如花的青春，那随落叶飘逝的心事，那如鸟般雀跃的岁月，那如石头一样沉重的深情。

以及那些年遇到又走散的人。

而你，一来，就侵占了我的灵魂，而我，一转身，就陷入了你的真心。正所谓，一见如故者，不说日久见人心。正所谓，三生有幸者，不叹一生一世一个人。

相识相随，执手相亲，走过异乡热闹的大街，走过艰涩困厄的人生，走进内心深邃的恬静。

终究，相逢的岔路就是离别，离别的尽头只能是守候。你走了，带走你那一低头的娇羞，带走我来不及掩盖的伤口，让我开始一场生命倒计时的等候。我的青春变了色，我的心事无处诉，我的岁月不堪回首，我的深情白了头。

只是，尽管没有回响，只要没有遗忘，又哪里是真正的离别呢。只是，哪怕岁月到了尽头，只要心中存着念想，又哪里是缘分不够呢。

虽然早已没有你的身影，没有你的声音，那倔强的痴狂，那满腔的落寞，总是化作一纸的虚妄，在每一个念你的日子徜徉，涂抹出一世的忧伤。

你在何处漂流，能否倒映出我的消瘦。你在何处回眸，能否看透我的忧愁。你在何处驻守，能否听见我的喋喋不休。

我不顾我的苍老，我不怜我的伤悲，我停箸举杯，拼却一醉，再也想不起，那个当初，你离去的理由。

只是痴痴地，傻傻地，问了又问，求了又求。

我的等候，还有多少个秋？

你的快乐，一定要永永久久。

恋情书

走着去年的路，看着去年的花，想着去年的心思，却遇不到去年的人。原来，有些别离真的只要一挥手，就会像一阵风，吹过就散了，远了就看不见了。

但回忆总会像生着根的芽，春风一来，争相竞发。它们总是那样熟悉，譬如踢着一颗相似的石子，脚趾生出相似的痛来；譬如听起相似的曲子，心底便蔓延出相似的怨叹来；譬如经过某一个相同的拐角时，眼睛总会习惯地朝后看一看。

虽然，明知你不在，明知你不来，虽然，明知一切已成悬崖上的花，摇摆得再芳华也枉然，痛也枉然，叹也枉然，看也枉然。虽然，相忆也枉然，虽然，这也只是心底里残存的最后一根情丝，缚不住自己，也缚不住他人，只会让自己热泪满眼。

但，一切都甘愿。

相识何必曾相见，相思便不会那么远。明知相思重如山，为何还要用力掀?

即使山忘了你的名字，即使水忘了你的名字，即使南来北往的大雁，也不为你的名字流连，即使我，已然静寂如尘烟，我也会隔着山水，让鸿雁捎着思念，对着你日渐衰老的容颜，拼命地呼喊。

在没有你的春天，花开得格外孤单。在没有你的夏天，汗淌得格外泛滥。在没有你的秋天，踩着落叶，踩着思念，一路一路地蔓延。在没有你的冬天，再厚的雪，也堆砌不出你的笑脸。

在没有你的路途，永远走不出看得清的终点，在没有你的岁月，时光总是停留在从前。

在没有你的山，无心去翻，在没有你的海，扬不起帆。在人潮拥挤的地铁站，在静寂平和的咖啡馆，我只是一个假面，守着一点点回忆，枕着孤独强闭着眼。

任青春，喧嚣、快乐飞逝如电，任尘沙击打，任冷眼纠缠，任世界全是黑暗，我也会在你曾经出现的路口，屹立一万年。

你来与不来，看与不看，我成佛成仙，如尘如烟，无悲也无欢。

只以山的绵延，守海的无边。

我喜欢坐在靠窗的位置

我喜欢坐在靠窗的位置，这样，我的世界不会只有椅背和头颅、电视和手机、垃圾和口水，也有大把大把的天空、成片成片的树林、挨挨挤挤的房屋和时断时续的小溪。

我喜欢坐在靠窗的位置，或趴或倚，或专注或闲散，或睁目或小寐，或者猛地呵出一口气，给玻璃穿上白衣，偷偷写上心爱姑娘的名字，临下车时，再匆匆抹进掌心里。

我喜欢坐在靠窗的位置，体验出奇妙的动静交替、山走水移，那种期待与错过、相逢与别离，犹如人生中一场场早就导演好的大戏。

我喜欢坐在靠窗的位置，看着车站由喧闹到沉寂，由拥挤到疏稀，有人笑着悲歌，有人哭着欢喜，有人无动于衷，有人骂着脏话，有人蹲在一个角落自已与自己赌气。

我喜欢坐在靠窗的位置，可以将红肿的眼，挥起的手，翕动的唇，交给我，交给你，交给以后的回忆。

我喜欢坐在靠窗的位置，让你早点看见我，让我早点看见你，那样，与你的别离会推得更迟，与你的相逢会来得更急。

我喜欢坐在靠窗的位置，由思念到思念，依着那两条平行线，穿过有你的城市，始终如一。

我喜欢坐在靠窗的位置，静静地写下一段段文字，让它们一直亮堂着，朝你而去。

我喜欢坐在靠窗的位置，只为了单纯而宽阔地想你。

我喜欢坐在靠窗的位置，从看见到看见，中间只有玻璃。

稻草人

我家后院栽了一棵葡萄，有五六年了。当初只是从邻居家剪来一截指头粗的枝子，插在一处土坛里，时时浇些水，期望它能活下来。

它倒挺能体恤人，第二年开春，发出了嫩芽儿。生命一旦落在土里，有了来处，它就有了顽强的毅力，再怎么艰难，也会茂盛下去。

自此以后，它越长越高，越长越粗，急切地寻找依托。我在四周的墙上钉了些钉子，绑上电线，交织成网状，将葡萄枝牵引上去。它们如同找到自己表演的舞台，在上面大张旗鼓地招蜂引蝶，过上自己快乐的日子。

过了三年，它们喜悦地开花，开心地结果，对我的付出给予回报，对孩子的渴望给予安慰。

如今，五个年头了，它的主干已有手臂粗，枝蔓在二三十平方米的半空，缠绕成一片密密的绿地毯，遮住骄阳，留下浓荫。它前沿的枝子如壁虎，一点一点向上攀爬，有的已经够到了三楼的阳台，依旧向上倔强着，妄图登上青天。

这是一种紫色的葡萄，成熟后，一挂挂如珍珠，有鸽子蛋那么大。现在还是青色，半透明，有极少数已染上一层薄薄的浅紫色，带着娇羞，隐藏在绿叶后面。

这种葡萄特别甜，汁多肉嫩，也是当初我们决定栽下它的原因。如今，它们在半空中垂吊着，闪着亮光，在孩子的头顶，在孩子的眼睛，同样，也在鸟雀的惦记里。

也许是田地里庄稼少了，农药多了，也许是葡萄的味道太诱人了，一些鸟雀成天停在三楼窥伺着，趁人不注意，便扑簌簌钻进葡萄丛中，飞快地叼下一颗。

其中以喜鹊，八哥，麻雀尤甚，还有一种白头麻身的小鸟也时常光顾，以前可是接都接不来呢。

人为财死，鸟为食亡，果真不假。当然，在我家这儿，它们不会遭遇死亡，因为我没有为它们准备猎枪，甚至连小时候的弹弓都没有，不是不会做，而是根本找不到材料。

许许多多的东西就这样消亡了，让我们来不及怀念。

天刚蒙蒙亮，这些鸟雀就准时上岗，说不定它们夜里根本就没睡着。哪怕狂风暴雨，哪怕骄阳炙烤，都无法阻挡它们的脚步，无法泯灭它们眼里的渴望，以及对美味孜孜不倦的追求。

这种坚持有时让我感到汗颜。

不光鸟雀，还有一些老鼠也趁火打劫，像长了翅膀，攀在上面肆意妄为。

快到手的果实岂容禽兽糟践，不光我怒了，孩子们比我怒得更厉害，捶胸顿足狂喊，却又不愿看守。他们太忙了，不在电视前，就在手机里，偶尔在我的呵斥下，也会咬着笔头，面对书本，在桌子前端坐一会儿，他们的时间，一秒钟有一秒钟的用处。

守护之重任，非我莫属，因为我最闲，正在休养，几乎算得上无所事事。

可我既不能飞，也不能爬，无法走到它们身边好言相劝，鸟耶，你莫吃了，老鼠老鼠，嘴下留情，你们行行好，留些给我们吧。

起先，我弄了一个废弃的布娃娃，替它画上凶恶的眉，血红的嘴，一只手上还捆一个短棒子，似随时准备敲打的模样。我将它绑在一根长竹竿上，立在葡萄架中间，像一个卫兵，尽心履行自己的职责。

刚开始，鸟雀飞过来，在旁边犹疑着飞几圈，不敢落下。布娃娃不声不响，像睡着了一样，甚至连风来了，它都不想动一下。

很快，鸟雀便摸清了底细，毫无顾忌，一如往昔，大快朵颐。

老鼠更是不惊不乍，爬上爬下，随心所欲，吃别人的不心疼。

长此以往，不是长此，也许就是三五天，这点葡萄就毁于宵小之嘴，绝不能听之任之。

与鸟斗，与鼠斗，为尊严，为成果，其乐无穷，更能启发人类的智慧。我稍稍绞了一会脑汁，便又生出一个法子。

我找到一个红色的白酒铁皮壳子，用长竹竿将它顶起，插在葡萄枝上面，远远望去，如一枚大火柴头。

我在院子的后门处放一个躺椅，大多时间就倚在那儿，看看书，听听歌，写写字。当然，我必须时时留神，注意上面的鸟雀，这是我的主要任务。

铁皮立在那儿，在鸟雀眼里，不知是个什么玩意，反正它不会动，它不会叫，更不会发火，连稻草人都不如。

鸟雀根本没将它放在眼里。

不管有鸟没鸟，每隔三五分钟，我便起身，将竹竿拼命摇一摇，铁皮盒在上面激动得乱蹦乱跳，更主要的是，发出咣当咣当的声音，相当震耳。

上面有时很安静，因为没有鸟，有时会发出沙沙的响声，一两只鸟惊得拍起屁股狂奔。

这倒挺好的，这些鸟也许怕耳朵被震聋，成了废鸟，遭同伴嫌弃，后半生活不下去，对这种声音很是惧怕。

葡萄的受损程度大大减少。一天一天，我重复着这些动作，像个田野里的稻草人，守着自己的一些收成。

我简单了许多，宁静了许多，看着自己的成果一天天成熟，看着孩子越来越高兴，看着那些鸟雀惊慌失措，无可奈何，我这个稻草人心里非常热乎。

我纯粹得只剩下一些爱，在炎炎夏日，立在空中，发出咣咣的声音。他们现在也许不会懂，但终有一天他们会懂，当他们长得如葡萄一般茂盛的时候。

平常的一生

浅灰色的云层堆砌在头顶，凝滞成一团瞅不见边缘的固体，天色阴阴沉沉，是这种季节的常态。这种日子本该是宁静空寂的。人们大多窝在家里，边烤火边谈古论今，缩着脖子静候黑夜的降临。

此际，对面山脚昏黄的树杈间，却热闹得很。有人嗬哟嗬哟扬着镐头，甩着铁锹正在挖着墓坑。镐头落下时，一阵叮叮当当的声音很刺耳。看来，这个墓址没选好，挖起来有难度。有人担着菀斗挑砖挑沙，还有人抱着水泥仰腰前行，预备着修墓头拱形的材料。

昨天下了点雨，山间树大草密，地上还很湿滑。人们喊着号子，互相提醒着小心。虽说逝者是高寿，本属喜事，但人们格外谨慎，总怕哪儿出岔子，显得不吉利。

村口的水塘边上，几个老人倚墙而立，一边唏嘘感叹，一边支起耳朵听那边的动静。有人说，老张还是没看准呀，底下全是石坷垃，他那瘦身板以后可硌得痛。有人说，再挖挖说不定底下蓬松呢。你不记得二伢爷的墓地吗，开始也全是麻骨石，镐头啄都啄不动，恨不得用炮轰。

可挖了一尺深后，底下全是白亮亮的沙子，真是奇了。算命的说是个吉穴，可不是嘛，他的后人发财的发财，当官的当官。

也有老人说，祸福不由人呀。老张小时候命苦着呢，大冬天的，光着脚上山砍柴。一年到头，屁股上的布没有个整块的。成年后，勤扒苦做，省吃俭用，现在老啦，退休了，有吃有喝，每月还有得的呢。

就是，怎么看他都可以享好多年的福，平时连痰都没多吐一口，咋说没就没啦，睡着了一样。命吧，菩萨都不保佑。

嗯，这个老鬼，走了连个气都不吭一声。哎，老李，以后打 8 块钱的小牌凑不起来啰。

没事没事，过不了几年，我找他去。说实话，他这地儿，我也相中了。又朝阳又不会被水淹，有树有草，空气好哦。

嗯，以后我也来这儿，我爱热闹，嘴巴子多点，可别嫌我吵呀。

哎，老王，怎么一直不吭声儿，舍不得死吧。

老王连连摆手，一头银发晃来晃去，将天色摇亮了些。

这有啥舍不得的，该来的时候我来了，该去的时候我就去呀，有什么好焦心的，横横竖竖都是一生。不过，我以后走高一点，免得在底下这儿修路那儿开山，让我不得安生。还有，一定要看着村庄，不管以后如何变，我看着才安心。

是呢，若有人愿意抬，我也爬高一点。老李指着远处的山尖，嗯，那儿也行。不要什么排场，即使石窟窿，只要能窝下就行。修大旗山水库时，那么好的坟都轰了，平了。至如今，那些精巧高大的拜台都沉在水底，有谁记得起呢。

人死一捧灰，一抔土，除了一股子馊气儿，还有啥呢。死啦就死啦，脚一蹬，眼一闭，晓得个啥，管得了啥，埋在哪儿还由得了你？操什么心，就像老张，你晓得他现在是只蛤蟆还是蚂蚱，或者在哪儿舔猪槽狗槽？什么辛劳，什么荣华，什么体面，都不过一眨眼的浮云，又有几人去念叨。

老王眯着眼，盯着山脚边，好像看到了老张。

他们一下松懈下来，或者摸出一支烟，或者脱下鞋磕起沙子，或者笼起了手，或者将头转向阴沉沉的天，目光飘散。

我也松懈下来，目光离开了手机，离开了那些“二十岁了，我的存款只有三千块，我拿什么过余生？”“你还在迷茫，连死你都死不起。”“整天只知吃喝拉撒，你不脸红吗？”等爆款文字。

老人们散去了，像一缕轻轻的风。我沿着池塘边，踩着平常的步子，看着平常的风景。人到中年的我，平常得像一株迎风飘拂的柳，随着风儿跃动，在水面划出一些浅浅的涟漪，很快便散去。

山脚边依旧叮叮当当，很热闹。我的心很静，就像天上的云，一动也不动。虽然我过着一眼望到底的人生，但不管将来是埋在山脚还是山顶，这都是我独有的一生。

有道是：

家在西山东复东，山中岁岁有花红。

而今不在花红处，花在旧时红处红。

不管世事如何变幻，人事如何繁杂，我愿是一朵花，一年一度，该开放时开放，该凋零时且凋零。不慕它花之绚丽，不怨自身之素淡，不贪生之艳红，不惧死之苍白。

尽管平常，却从容。

第二辑　那些故人情与思

母　亲

冬天日短，畈地里也没什么农活，年轻人大多喜欢睡懒觉。我也一样，总要等到太阳从窗外射进来，拂到我的脸上，才披起衣服，伸个懒腰，磨蹭着去洗漱。

每次下去，母亲总是从脚盆旁直起身，甩了甩沾满肥皂泡的手，对我笑一下。“起来啦。”好像为她的搓衣声打搅了我而不安。

此时，厨房的饭早熟了。

我洗漱一通，坐到桌子旁时，母亲的热饭热菜已上了桌。我只顾着埋头吃饭，母亲在一旁看着我吃，一边唠叨：“若想睡，你就多睡会，反正天也冷，也没什么活干，啥时候起来，我再将饭热热就行。”

但母亲一直早起，不管是夏天还是冬天，也不管是忙季还是闲季，天刚蒙蒙亮，她就起床，打开大门。她说这样才有人气，才像个家的样子。

而我早已成人，这个家的顶梁柱本该是我，本该由我来开第一次门，关最后一次门的，由我来撑家门，引人气的。但在母亲面前，我一直如同小孩，被她护在腋下过着无忧无虑的生活。

母亲每次早起，首先就是将饭菜烧好，再将昨晚全家换下的衣服搓洗出来。此时，若我起来了，她就揭开锅盖，一起吃饭，若我没起来，她又去去菜园，瞅瞅庄稼。吃完饭后，她忙着将碗筷一洗，之后，赶紧将衣服拿到水塘里涜洗干净，晾起来。

大冷的天，我让她晚点等气温升高些再洗，她说迟了不行，别人洗拖把，洗抹布会将水弄脏了，衣服涜不干净，穿着不舒服。

家里的洗衣机缩在卫生间的角落里，套着保护罩，几年下来，仿佛被人遗忘。“那东西费电耗水，又洗不干净，甚至还会搅破衣服，比不上我这双手。”在每一次我将衣服扔进机桶里时，母亲又撸起袖子，将衣服捞上来，还不忘数落一通。

吃完了饭，母亲将碗洗了，挽起水桶，拿上棒槌，来到水塘边的青石板上。她很高兴，水真清亮，映着她的倒影。她绾了绾头发，用棒槌拨了一下水，哼起歌来，她又是第一个来涜衣的。

真是太闲了，我绕着水塘边走了几步，外面冷飕飕的，没什么人。我揉了揉隆起的肚腹，又撞回家，窝进椅子里，无聊地打开电视。

电视正播放着一档情感节目，主持人引导着话题，受访者讲完与母亲相濡以沫的故事后，一名歌者上台深情地唱起了《烛光里的妈妈》。镜头移到台下观众的脸上，有人红了眼眶，有人摘下眼镜抹泪。

一贯大大咧咧的我，其实挺多愁善感的，每每听到动情的故事，看见别人流泪，我也会情不自禁。

我放下翘起的二郎腿，抽了抽鼻子，眼睛不停地眨起来。这时，二婶推门进来，喊了一声：“嫂子，走啊，去晚了人多，又要等。”

我一惊，蓦然回头，才发觉母亲正躬着身拖地。她的动作很轻，但又很用力，因此腰弯得特别厉害，她怕打扰到我呢。

二婶是来邀母亲一起去医院理疗，今天是第二天。母亲长期劳作，已患上腰椎间盘突出，压迫着神经，左腿很痛，走路一瘸一瘸的。

母亲直起身来，朝二婶扬了扬手："你等一会儿，我马上拖好了。"

电视里忽然响起了猛烈的掌声，直冲着我的耳膜。我起身，快步上前，"啪"的一声关掉电视。母亲有些惶恐，怔住了，不知道哪儿让我不高兴。我走到母亲面前，将她拉到椅子边坐下，捡起拖把，快速拖起来。

母亲一会儿站起，一会儿坐下，不停地搓着手，讨饶似的盯着我麻利的身影。

年轻人就是不一样，三两下就拖完了。我搀起母亲，让她坐到摩托车上，启动了车子。"妈，我送您去医院。"

虽然有太阳，但风依旧刀子一般刮过来。我的眼窝热热的，我使劲眨巴着眼睛。

路上没什么人，远处有密密的树，嶙峋的山，风景很美，但离我很远，很模糊，根本触不到。近处，我的背后面，母亲乖巧地偎着我，温暖而绵柔，似有一颗高大的树，一座厚重的山，贴着心窝，让人安定。

这样的风景，才值得去握紧，好好珍惜。

绝情书

日历撕掉的是2017，看得见的是岁月的流逝。一年去了，一年又来，所有眉头的欣喜，心头的悲抑，少了又多了，多了又没了，犹如穿堂之风，疾疾不肯停蹄。不论它从何处来，不论它往何处去，它不会成为破碎的纸片，也不会化作旧时的气息。

它只能由我自己亲手，一点一点地摁下去，摁进深深的泥土里，留待经年，腐烂成永远不能翻开的记忆。

无论如何，我不允许，我不允许它们飘进你的梦里，惊扰你的宁静与一如既往的美丽。

我与你，在2017的尽头，努力挥起手，看着那天际最后一片残云，来不及沉没进黑夜，便捂住各自的心事，怆然而去。

从此，明月设了限，清辉洒半边。从此，清风拐了弯，不拂梁上燕。从此，一杯浊酒无人劝，醉卧花丛伴花眠，摧花，流涎，不要谁人管。

从此，不上层楼，不倚栏杆，看孤飞雁，只影向天边。从此，伴长河落日，看大漠孤烟，莫道圆不圆，无论偏不偏。

从此，弱水三千，一瓢也懒得端。从此，曾经沧海，何必刻意巫山。

从此，举水不击淮河岸，别山不再恋秦关。纵使山枯水寒，纵使山塌水淹，纵使楚人泪漫天，只在心里边，自怨叹。

从此，一刀两刀刀刀断，一步两步步步宽。

从此，不问新年，不提过往，不将旧事牵绊。

纵使总有许多不曾预料的别离，总有许多刻意欢喜掩饰不住的伤心，但再又与谁言？纵使总有许多决绝浸透留恋的鲜血，总有许多蜚语在心头翻转，也只是瞒，瞒，瞒。

也许某一天，你我相逢于路上，已然成路人的彷徨。

你问我来自何方，我望向身后那道山梁。

你问我去向何方，我寻着飞鸟的翅膀。

你问我过得怎么样，我将头发扬了又扬。

你问我有没有梦想，我的怀中没有心爱的姑娘。

然后，一笑，擦肩而过，踩踏起一地的尘埃。不光你我，岁月也该忘记了，那个 2017 是如何悄无声息，从人生中隐去。

饮透生活这杯酒

生活不只诗意的芬芳，也有苟且的匆忙，不仅只是举头望明月，夜色凉，把酒香，诉衷肠，也有烈日当头，热汗淌，步踉跄，心惆怅。

四顾茫茫，前不见故友，后不见亲朋，中途不见佳人温我床，脚一跺，不思量，直想骂娘。

生活不只是朋友圈的葡萄，蟹黄和参汤，也有脚头处的南瓜，大豆和高粱，更有孑然枯坐，对镜话不尽的凄凉。

黯销魂，闷心伤，眉头耷，挂起一脸欢颜，迎客来客往，作万福安康。

生活不只永远十八岁的精雕细琢，贴花黄，掩流殇，跋扈飞扬的美娇娘与少年郎，也有蓬头垢面，一身风霜，甩白发三千丈的围裙妇与油腻老姜。

回首望，爱与恨成尘，得与失俱往，身前身后，只留沧桑映夕阳，一竿老枪，胖与瘦，高与矮，一个样。

生活不只是月入几万、几十万的大嗓门响，不只是焦虑彷徨得想要掐颈撞墙，登天揽月的无所不往，一马当先的横冲直撞，也会有捉襟见肘的左央右访，举步维艰的闻草知香，大大咧咧的毫不设防。

歌一曲，笑一场，一两杯淡茶，三五个知己，痴嗔怒骂，坦坦荡荡，粗布麻衣，丑态百样，羡煞道旁。

苦与乐，爱与伤，相聚别离，地老天荒，且举杯，啜饮眼前酒，酝酿岁月琼浆。

一杯敬你，一杯敬我，一杯敬流光。一杯敬孤独，一杯敬沧桑，一杯敬梦想。一杯敬此面的生活，一杯敬彼面的生活，一杯敬看得见的未来，一杯敬回不去的过往。

千杯饮尽，醉透那虚妄与癫狂，踩着真切，纵使荒凉，也要忍着泪前行，在路上。

刘 嫂

外面阳光白晃晃的，让人眼花。我喜欢坐在窗前，尽管有些灼人，但我依然贪恋着那举目可看的青山。除了阳光和蝉在闹腾，大多数人在午睡。午后，有一抹清静被暑气压抑着，委屈得像个要哭的孩子。

我也刚刚醒来，抖落掉一脊背的热量，偷看了一眼青山的妩媚，打开手机，准备凑合出一些文字。

"噗噗"，窗子底下传来竹竿击水的声音。不用起身看，准是刘嫂转累了，来到塘边柳树下，歇歇荫，再顺便打打蜻蜓。

是的，那声音不是棒槌声，不是鱼跃出水面声，不是小孩跳水声，只是刘嫂击打蜻蜓，溅起的水声。

刘嫂三十来岁，个子很高，体态匀称，肌肤如雪，是村里只能数一的美人。只可惜，这些描写若放在前年七月以前，你一定要扇我左脸两个耳光，恨我的笔力太差，亵渎了刘嫂的美。我肯定会捂住火辣辣的脸，将笔一扔，又将右脸凑过去，怪我啦，你接着抽。

可如今，落下这点描写，我却没有勇气站起来，看一眼坐在塘边石块上的她。

她现在身子瘦得像手中的竹竿，完全没有女人的特征。衣服好像只有一套，永远没换。每次看到她，都是一种样子，两只裤脚扎着，趿着一双土色的解放鞋，目光直直的，没有神采。她的皮肤失掉了水分的滋润，像铁皮蒙在骨头上，脸上，手上，脚上黑得似刚烧完窑的大爷，且还将继续黑下去。

她平时就在村里四处转，碰到塑料瓶或罐就捡起来，倘若里面有一些剩的饮料，也知道倒掉。一个两个，她就拿在手上，兴致好时，互相敲敲，嘴里哼着一些曲子。捡得多了，她将瓶子踩瘪，撩起衣襟，将它们一个个插进裤带里，沿周身一圈，似战争电影中的英雄，插满手榴弹。

往往绕着村子转一圈，她的身前背后、胸脯、裤脚里鼓鼓囊囊，似大着肚子的孕妇。每每这时，她眉飞色舞，黑嘴咧得很开，露出两排白牙，将歌声哼得又轻又缠绵。

人们问她，刘嫂，你唱什么？她用手指指隆起的肚子，只朝人们笑，并不言语。

人们细听之下，才发觉她在唱着摇篮曲，声音颤颤的，有些跑调。

她有时转到人家门口，有人喊，刘嫂，来喝口茶。刘嫂也会停下，却并不进屋，也不接茶，只是拿着瓶子摇晃，别人便明白了，从墙角处扔出一两只瓶子。刘嫂赶紧弯腰捡起，插进裤带，之后，向主人连连作揖。

刘嫂并不是哑巴，前年七月以前，爱笑爱唱爱说，走到哪儿，将热闹带到哪儿。只是七月之后，她的嘴便像上了封条，只从嘴角漏出一些调调，再难张开。

刘嫂累了倦了，便会坐到塘边石块上，勾着头，瞅着塘边冒出的水草及树枝。上面偶尔会栖只鸟或昆虫，刘嫂看到像没看到一样，一动不动，依旧似一截被火熏枯的木桩。

而一旦停了一只蜻蜓，不管是红的黑的，大头的还是细腰的，刘嫂便像被马蜂蜇了一下，反应奇快，尽最大可能倾出身子，用竹竿去抽打蜻蜓。

那一刻，刘嫂黑红的唇咬得要出血，手上的青筋暴突着，似一条条刚出泥土的蚯蚓。倘若没打着，刘嫂会追着那蜻蜓，不顾塘边石块树根的牵绊，绕着塘边狂奔。那竹竿不时扑通扑通，沿着塘岸，溅起一串串炫目的浪花。

她的嘴一直咕哝着，充满了说不清的怨恨与悲伤。

倘若一下抽中了，刘嫂会丢掉竹竿，盯着水中蜻蜓的残骸，又蹦又跳，嘴里又哼出那种宁静而温馨的摇篮曲。

刘嫂打蜻蜓，并不是天天打，只在每年的七月份。她将日子看得很准，日历一撕开七月，她便躁动起来。尤其是到了七月初六那天，她不再在村子里转，只在塘边来来回回走，眼睛盯着水面，寻找一切可以让蜻蜓落脚的地方。

十二点左右，即使塘边没有蜻蜓，她也将竹竿舞得哗啦啦，嘴里的诅咒似搁在岸上的鱼，一串串不肯停歇。

她整个七月，要敲坏二十来根竹竿，不管大风大雨或是大太阳暴晒，任何人任何事阻挡不了她在水塘边打蜻蜓。

唉，多好的一个人，就这样毁了。村民见到她，只能时常摇头叹息。

是啊，是啊，若不是她男人前年发生车祸，也不至于如此啊。

如果她不是为了省钱给男人买骨头熬汤，给儿子买了那只玩具蜻蜓，就不会发生那场悲剧呢。

嗯嗯，命啊，如果她男人不在十二点要大便，如果儿子不独自溜出来去塘边抓蜻蜓，该是多好的三口之家啊。

这打击太大了，刘嫂受不住啊。男人也没好完全，一瘸一拐，这日子怎么过呀。

也罢，刘嫂成这样，不管她的日子怎样难，也算是一种解脱吧。

窗外，依旧大太阳明晃晃，不时传来“噗噗”的击水声，哦，今天是七月初六呢。

刘嫂的哼哼声短暂而急骤，有几个小孩被她呵斥着，从塘边跑往家里。

睡着的草

再次路过那个草坪，几天不见，如隔三冬。

这片草完全枯死了，草叶已成一片卷曲的黄，水润的脉络早已如同老人手上暴突的青筋，刺痛着行人的眼睛。

走在上面依然会沙沙作响，但已没有先前那种绵柔和黏性。它们虽然还有抗拒的意思，但分明力不从心，重压过后，差不多想将身躯埋进尘土里，那份傲然的矜持，不见踪影。

才几天呀，造化如此弄人。

那时，它们依然珠圆玉润，脉脉含情。迎着太阳昂头，随着轻风转身，枕着星星入睡。它们散发着清香，勾引着路人的眼睛。还有一些贪玩的蝴蝶在这儿流连，蚂蚁和有着黑色甲壳的小虫在这儿时隐时现，当作畅游的乐园。

人们忽略了冬天的到来，感受着这个世界的宽容，从它们身上还可以看出生命的力量。人们有理由相信，一切还是那么美好，生命可以坚韧。

冬天并不总是那么狰狞，往前走几步就会摸着明媚的春。

可是，就这么几天，仅仅是降下一场白霜后的几天，它们就变得如此颓废，一下子匆匆忙忙过完一生。

也许当白霜满头时，它们还暗自得意，那一刻是多么的美，晶莹炫目，好像春风吹过，齐刷刷地开出一些花，它们的生命又重来一回。

我也无法体味，挨挨挤挤的它们是多么的冷，是多么想甩掉头顶那一层冷凝的冰，是多么想用质朴的活力赶走那虚幻的华贵。

它们不可能，它们无法抗拒自然的轮回，温情过后总有残忍，没有谁会璀璨一世一生。

在自然面前，不光是小草，就是我们，也渺小得如一粒凡尘。春风夏雨秋霜冬雪，不管你在哪儿停歇，不管你在何处栖身，该经历的总是经历，命运不会给你开绿灯。

只是有时，我们尚不及一株小草，在风霜面前，连一刹那间的美都不及领悟，便顷刻沉沦，低下伟岸的身。

甚至由外而内，所有的精气神，所有尚可抗争的机会，我们统统丧失，赤裸裸地不名一文。

更可怜的是，在我们什么都不是的情况下，还伏在泥泞里，睥睨着小草，发出讥讽的笑声。

嘿，我比你高呢，至少还将你压在身下，至少还可以俯视着你，我比你高贵。

你可曾侧耳倾听，衰败的草叶干枯的小茎覆盖着的尚有鲜活的生命。那冷酷的泥土包裹着的，还有蜿蜒着饱含汁水的根。

它们并没有妥协，它们吮吸着霜雪融化后的水，它们蓄积着生命的能源。它们暂时潜伏在地底，只等着来年的春风一催，便可走上崭新的征程。

可是我们，倒下之后，可曾想过重新站起，是否有重新站起的力量，能否饮风啜露，再让生命焕发青春？

一场风霜可以改变小草的容颜却无法改变它生命的路径，一场风霜可以改变我们的容颜却往往也改变我们的命运。

倘若怯懦，我们连小草都不如，也许也只需要几天，我们便变得陌生，变得一蹶不振。

倘若坚强，不惧风霜的摧折，于艰难愁苦中跳动一颗勇敢的心，保持着向上的力量，我们也可像小草一样，与春天亲吻。

我们可以肆意践踏小草，忽视它孱弱的呻吟，甚至比风霜更甚，直接将它们摁进泥土，让它们难以翻身。

可你千万别以为它们就此屈服，它们能够以另一种姿势站起，在灵魂的高度上，不输给随时可能躺下的人。

小草才是强者，才有大智慧，野火都烧不尽，又何惧一场风霜。它表面的衰朽，只是一种以退为进的成全，它的生命在我们看不见的地方，依旧精彩纷呈。它在耐心等候，只待时机一来，便喷薄而作春之发生。

此际，它们只是累了，在小睡。

你不可不信，等到明年，你再来看，这儿又是一片芳菲。

而你呢，是否在沉积，是否在等待，是否有力量冲天而起，一如既往地精神？

这样的一个日子

也许我们每个人，都需要一个日子，将岁月镌刻成一圈一圈的年轮，将生命涂抹出一缕一缕的痕迹。

并以此为始，并以此为终，慢慢睁开眼睛，慢慢熟悉这个世界的美好，肮脏，喧嚣与宁静，再慢慢合上眼睛，慢慢焐热身下泥土的气息，慢慢淌干最后一滴泪，慢慢将黑暗睡成光明，以某个恒定的姿势。

这个日子以挣扎、痛苦、渴望、欣喜而到来，以饱满的乳房日渐干瘪、以挺直的腰杆日渐佝偻而远逝。这个日子以一颗糖、一碗荷包蛋、一盒蛋糕、一块肉、一提保健品而一天天别离。这个日子以粉嫩的婴儿、茁壮的少年、蓬勃的青年、厚实的中年、孱弱的老年而一路向西，化作故纸堆。

终于某一天，它被另一个号啕大哭的日子所代替，升腾起一缕青烟，从山丘上逐渐静寂。

这个日子害怕被人忽略，这个日子又往往平淡无奇。这个日子见证了一些人的伟大，这个日子陪着一些人孤独流离。这个日子曾经无限漫长，这个日子曾经只是瞬息。

它或许只是一串串浪花，任何树枝，杂草，水鸟，都无法阻挡它扩散的涟漪，只在撞到岸边时，才扭曲着回望出发的波心，那儿早已平静得像什么都没发生。

这个日子就这样，从一头出发，走向另一头，有扑通的声响，有疼痛的撕扯，有一圈一圈的渴望，有一浪一浪的辉煌，有沉寂与消散，有碰撞与回响，最后，除了空虚，再也回不到原样。

但是我们每个人，都有一个这样的日子，有时模糊，有时清晰，有时搂着焦虑，有时抱着欢喜，有时笨拙，有时轻盈。

但是世间万物，都应该有这样一个日子，街角的乞讨者，沙漠的鸵鸟，水中的浮萍，天上的流星，都有这样的一个日子，都应该有人铭记。

不管是在冬天还是春天，都应该有一朵花在这个日子盛开，如天使。

雪

今年的第一场雪，比我的梦来得早一些。

天色来不及昏黄，寒鸦来不及归窠，雨点来不及止住，我伏在桌上，手指划拉着，尚未将2018年的梦勾勒一下，有人在窗底下喊：“下雪啦。”

明明知道不是对我喊，我依旧兴奋得手忙脚乱，将那所谓的梦想丢到一旁，笼着袖子立到窗前。

雪真的来了，很猛，很迅疾，指甲盖般从苍茫的天空纷纷飘来。在黧黑的山，灰蒙的田野，浅白的池水映衬下，它们拼命旋转着，追逐着，向下掉落。

它们似乎漂泊了许久，对大地眷恋了许久，有些累了，倦了，见着一些东西就扑过去。绳索般的电线，早已枯萎的藤蔓，针尖般大小的草茎，被人丢弃的布娃娃，沾着水的塑料袋，全都成了它们停驻的地方。

甚至，飞鸟的翅膀，行人的眉梢，狗儿蜷曲的尾巴，它们也有了兴致。即使知道转瞬即逝，粉身碎骨也在所不惜。

不知是雪招来了风，还是风撩来了雪，窗子被风摇得窸窸窣窣地响，几朵雪花也愣头愣脑地撞过来，一附着，便化作碎碎的水珠。

雪首先寻着一些石垛子，枯枝桠，洼沟渠堆积起来，开始微微隆起，像叠着深深的思念。慢慢地，那思念平铺开来，菜园子，打谷场，平楼顶，水泥路面，全都覆盖上了。

那深深浅浅的思念，化作一片茫茫的白，无声地召唤着那些看见它们的生命。鸟儿的叫声仓促起来，为着肚腹与睡眠，土狗们循着鸟叫欢快地跑来跑去，也为着肚腹与睡眠。行人缩着脖子，咯吱咯吱地走着，咯吱咯吱地笑，偶尔抓起一坨雪，飞快地扬起，双手红红的，一头钻进某处热烘烘的房子，拼起一桌狗肉火锅，也为着肚腹与睡眠。

天空没有翅膀的痕迹，鸟依旧在仓皇地飞。地上到处是梅花状的狗爪印以及人的足印，它们重合的地方，散发着麻辣味，汗酸味，刺鼻的酒精味。

雪花没有眼睛，依旧恣意地撞向大地，将四处粉饰得雪白晶莹。没有了不平，没有了污秽，没有了吐出的骨头渣，到处和谐得一马平川，气定神闲。

白雪盖住了茫茫大地，其实，每一片雪花都有它的责任。在它不曾融化之前，有人立在窗前，揉着刺痛的眼睛。

时间分明越来越晚了，外面却越来越明亮。一切似乎凝滞了，妖娆得不近人情。

我的肚腹还空着，我的睡眠也没有了，我的梦不知从哪儿做起，整个世界一片虚空。

强闭起眼，眼前开始朦胧。耳边传来一阵阵鸟叫，空旷苍凉，夹杂着一些狗吠，短促急切，听不出它们是欣喜还是悲哀。

也不知道，雪何时才能停住。也不知道，明天会从哪里来。也不知道，那些深的浅的足印，何时会融化出当初的存在。

让我抱抱你

不知不觉，从喝汽水喝开水到了泡枸杞的年龄了。生活总是这样的具体，从饱满的腰身到瘦弱的目光，从乌黑浓密的长发到稀疏浅白的短须，从爽朗开怀的大笑到独自一人窝在墙角呜咽，从义无反顾飘向远方到引颈翘首梦回故乡。

生活就这样，细致细密地在我们的身上、心上，刻上一道道越来越清晰的印记，然后又无情地压迫着我们去忽略、去忘却、去抹平那些越来越近的忧伤，装作一直都那样。

许多年来，我只是一遍又一遍地重复着向前这一种姿势，只是不知道，究竟要向前到何方。我的脚步一直在走着，有时我称之为追逐，有时我称之为放逐。沉重也好，轻松也罢，年少的欣喜蜕变成中年的沧桑，才明白别离的不只是田间的小路、衰败的老屋，更有再也无法应声的父母，已然能够奔跑的儿女以及无法回望的青春。

别离到最后，只是力不从心的伤心，如最后一片枯叶，除了继续飘落，直至腐烂成泥，别无他径。

十岁时，我们向往二十岁的生活，二十岁时，我踮起脚觊觎着三十岁，三十岁时，说起四十岁，我便双拳握紧。四十岁时，我恨不得能抓住时光的倒影，跳回三十岁，即使穷愁潦倒，也无怨无悔。看见别人二十岁时，我嫉妒得夜不能寐，只想又赤着脚，背着书包，边跑边背“床前明月光，疑是地上霜”，将石子踢得当啷响。

曾经的少年不在了，现在的大叔只是保管着他的皮囊。那皮囊也经不住时光的摧折，薄了，僵了，皱了，那皮囊下的灵魂也日复一日地萎靡了，昏朽了。只是还残存着一丝热望，无论走得多远，还爱着这泥泞不堪的人生，期待有一日归来时，顺着原来的路径，寻着那岁月的余温，梦一回远逝的青春。

梦里的青春残酷吗，梦里的青春荒谬吗？那些不撞南墙不回头的事，总要做的，那些汗那些泪，那些血，总是要洒的，虽然苦，虽然涩，但总是热的。不然何以为青春，何以为人，不然，满头白霜，何以念念不忘，不然，何以窥见生活如此具体，何以感怀岁月的苍凉。

如今，我泡着一杯枸杞，站在窗台前，远山有绿叶，有枯枝，有刚刚凋零的花，有正在孕育的芽，有鸟鸣，有日头在走，也有一个少年，以前行的姿势，与现在的我一步步别离。别离到何方，我不知道，我只能张开双臂，对着他的背影说：

让我抱抱你吧
抱抱你无人知晓的孤独
抱抱你难以言说的酸楚
抱抱你一个人咬牙前行的坚强
抱抱你闯荡的滚烫
抱抱你别后的时光
抱抱你多年以后
我们一样的忧伤

你若不离，我便不弃

在上海十多年了，辗转了很多地方，见得最多的就是香樟、桂花和枇杷树。不想今天竟在这儿看到一颗梓树，它的叶早掉光了，显得有些异类。

别的树依旧郁郁葱葱，绿意盎然，将冬天过得像春天。而且，它们同气连枝，彼此扶持，你对我招一下手，我对你点一下头，如同兄弟，保持着亲密的关系。

这棵梓树孤零零地立在这儿，左也不是，右也不是，有些窘迫。它的枝条无人修理，横七竖八肆意生长，有些凌乱又有些颓丧。

无风时，它静默得像个老头，不论气温高低，就那样敞开胸脯，傻里傻气。有风时，它便手舞足蹈，看似高兴，实则难过，只要你仔细，可听到它呜呜的哭泣。

它怎么到这儿来的，它的前世今生如何演绎？是从一粒种子长起，生根，发芽，长叶，开花，到如今傲然而立？那一粒种子又如何来到这里，是鸟儿叼来的，小狗衔来的，还是某个贪玩的孩子随意丢弃？

应该都不是，它是乡下的树呀，怎么会在这繁华的城市游弋。

哦，对了，一定是某个孩子或某个爱人或某个父母偷偷塞进游子的衣兜，聊以寄托一分相思，才让它得以在城市浪迹。

游子啊，你将那一分相思埋进土里，如今它已生出牢固的根，长出挺拔的躯干，伸展出无数的枝丫，你可曾时时将它惦记？

你知道它的根是否延伸到故乡的土地，它的躯干是否挺向故乡的天空，它的枝丫是否指向故乡的方向，企图与故人相依？

梓树啊，你的寂寞，你的辛酸，可曾有人体味？你是否老大不愿意，跌落进城市，孤独无依，你是否习惯了意乱情迷，是否见惯了吆东喝西？

你不言不语，但我知道，你心里有苦，你无法倾诉，你唯一能做到的便是你的坚持。

你在春天长叶，开出细碎的紫白小花，一团团一簇一簇，引蜂招蝶。风雨来时，花瓣飘落一地，你毫不在意。因为你知道，花落了，便会硕果累累。

夏天时，叶更密了，洒下一地浓荫，鸟雀在上面嬉戏。果实一串串挂上枝头，翠青色，指头大小，像尚没成熟的枣儿，吸引着过往的行人。

秋风起时，叶子开始坠落，有些决绝有些不舍，依然微笑着画出一个个优美的身姿。果实成熟了，变成黄色，面皮也皱了，看似苍老，但饱含着一颗火热的心。

冬天呢，就成了你如今的模样。不着一叶，不留一实，干干脆脆，舍弃过多的牵挂，一心孕育来年的美丽。

你一丝不苟，坚持着故乡的习性，将四季过成分明的四季，该开花时且开花，该落叶时且落叶。不因蜂蝶而迷，不因鸟雀而骄，不媚俗，不低头，不盲目随心给人四季如春的假意。

但你心里一定不痛快，没有少年在地上拾着落花伤悼，没有少年摘下你青涩坚硬的果当弹子打麻雀，没有农人在你身上找适当的枝丫作扬叉，挑起一捆捆稻草，也没有少年如灵猴一样爬上树梢摇啊摇。

没有麻雀喜鹊停留，没有牛羊在树底吃草，这一切的一切，你早已看不到。

乡下的树，乡下的人，为何流浪到这里。你们为何走散了，为何又在这里重聚，是否冥冥之中，自有天意？

你长大了，少年也长大了。你秋去冬来，一年比一年茁壮，少年寒来暑往，已渐显疲惫，有了苍老的痕迹。

你初衷不改，将故乡揣在心里，循着故乡的足印，鼓起坚强的勇气。少年无悔青春，在异乡的土地，攒起思念的泪滴，推动前行的步伐，向美好的未来靠近。

此后经年，你若不离，我便不弃。让我们将这冰冷的日子，过得繁花似锦，四季永替，总有别样风情。

念　你

你走了，无声无息地离开我，没有说再见，也不曾道珍重。我还找不到一点借口，也鼓不起那分勇气，在你走过的路口，留下撕心裂肺的怨尤与叫喊。

也许面对面，执手相看泪眼，说再见时，你会将我拥得更紧，道珍重时，你会让转身变得更艰难。但我宁愿让也许变成也许，任它晾成一支思念的利箭，在我的身体里来回地窜，串起一堆赤裸裸的贪念，在黑夜里孤独地狂欢。

我情愿将自己锁在梦幻的樊篱里，哪怕梦幻与现实仅隔一道坎，我也不想一脚踏穿，让自己的感伤在熙攘中纠缠。

之后几天，我也走了，如你一样，默默地消失在众人的视线。你已将我回头的岸一下子斩断，我在这儿，还有何颜，还有何念。我表面平静得很，平静得很，淌过水，爬上山，才恍然惊觉，脊背处早聚起一堆冰冷的汗，迎着风，嗖嗖地，感受着余生彻骨的寒。

别人能看到我的风霜却无法揣测我的内心，你听不见我的呻吟却可以触摸我的灵魂。我在一千零一次的梦里，与你进行着两千零二次的相聚。晨也有你，昏也有你，空气中的每一次振动，皆因你而起。

岂料，你从我的现在和未来中斫肉碎骨，抽身而去，它们已经血肉模糊，奄奄一息。弱弱地问一句，它们何时能获得你的灵丹妙药，彻底痊愈，你何时将毁掉的岸修复，渡我过去？

你不言语，即使在梦里，你也吝啬得大气都不肯出。你将自己风干成一个薄薄的影子，在我的记忆里，掩起一地尘烟，旁若无人地进进出出。任我花言巧语，屈膝躬身，将黑黑的夜绞得阳光遍地，你也从不肯丰盈，鲜活，明艳艳地与我对视，再轻巧地过去，盈盈笑着，洒下一串让我酣然的甜蜜。

爱一个人并不是一件很容易的事，但如果我们人为地再垒一座山，将爱分两边，喊不应，凿不穿，那又何苦让彼此为难。既然是心里真的喜欢，怎又偏偏遮遮掩掩，一天一天疏远。最终，乱成一团线，缠荆绊棘，懒得理，一剪两断。

别后与熬煎为伴，徒唤奈何天，只能一遍一遍，与自己握手言欢。

情字太难。在一起，不知深浅，得陇望川，你将前程拢得很近，又推得太远。你用理智将我逐到感情的边缘，用感情将我悬吊进万丈深渊。

你摊摊手，耸耸肩，奔赴你向往的灿烂明天。

我即使命悬一线，依旧要呐喊，即使身处黑暗，依旧仰起脸，企图捕捉头顶那一抹绚烂，尽管你已别后经年，尽管我将骨朽身烂。

魂飞魄散，奈何桥上悠悠转，将你念，等你还，一万年。

装

我一直在走，不知道要走多久，也不知道会到哪儿去，人生横看直看已过去大半。我不是神，不是妖，没吃过唐僧肉，注定不会长生不老。

其实，说不知道走多久，这不是诳人，就明显是装糊涂嘛。我诳不了人，往往谎话没说一半，舌头就打了结，脸就烫得似火炭。我多数是厚着脸皮装，不光现在装，从小一直就装。

小时候，分明没什么东西吃，分明吃不饱，在母亲面前，我可以暗暗运气，挺起肚儿将裤带绷得紧紧的。我吃饭吃得很慢，而母亲却总比我更慢。待到我的碗精光时，母亲会用手指点点我的头，让我别装傻，然后将她的饭往我碗里扒。

而我在放下碗时，早蹦着瘦猴般的身体，几步跑开了，与一些伙伴玩得不知日头在哪儿。

现在的我，吃饭依旧很慢，但依旧慢不过母亲。每逢大年三十，元宵节，祭祖之时，留在桌上母亲的一碗饭，一炷香后，也看不到母亲动一口。

只是，我的饭扒得精光时，再也等不到母亲来拿我的碗。

读书时，碰到问题回答不上来或者没考好，有些同学的眼神发出红红绿绿的光，带着刺的力度，往我的前胸后背，眼窝处扎。我不摇不晃，将笑容一层一层向脸上抹，我的热情带着夸张，将每一个同学当作学习的榜样。

只在没人的墙角，我蹲下身子，任眼泪渗出指缝，如一颗颗石子，砸得尘土飞扬。然后一起身，我攥紧了拳头，谁也看不出我红过眼眶，碎过心肠，任苦闷在尘埃里淌。

也有些时候，我得到了赞扬，收获了褒奖，我依旧不惊不乍，稀松平常。我将快乐暗暗地揣进兜里，反正它一直在那儿，不会长脚跑得慌里慌张。

我只想，张开更长的臂膀，创造更大的希望，让更多的快乐粘在身上。此际的我，只能像平时一样，更加用心，蓄起更多的力量。

母亲在一旁，将一切看在心上，张开宽容的胸怀，归是那样，去是那样。

而我，也觉得没什么必要跟她讲。

打工后，在外面其实一直伏着地底爬行，每一时，每一天，都过得不是想象的模样。但一旦有老乡来访，我必将自己收拾得溜溜光，一副在云端上徜徉的冠冕堂皇。大碗喝酒，大口吃肉，不屑一顾地谈着漂亮的姑娘，傲慢地谈着金钱如一堆翔，指手画脚地谈着诗和远方，将沾满油腻的头发豪爽地一遍一遍向后扬。

曲终人散后，摸着干瘪的口袋，看着潦草的字稿，我又不得不像狗一样，对着不同的人，昂着渴望的眼睛，细心地汪汪汪。

而在夜里，一边幻想着心爱的姑娘，一边跟母亲说，我在这边很好，吃得好，睡得好，出人力干人活。别急，今年年底，我一定带个女孩回去，让她在你面前喊一声娘。

我还扯起面皮对着电话乐呵呵地笑，顾不得别人的讶异和紧张。

窗棂上，爬满了白月光。

静静地，忧伤地向里张望。

那年年底，我没回去，我来不及，知道消息后，我撕着自己的双肋，恨不能生出日飞万里的翅膀。

等到清明，我匆匆而回，倒是有个女孩祝我一路顺风，但她却不愿与我一路飞翔。

在一抔隆起的土丘前，上面插着花圈，纸扎的花朵大多掉落，还有三两朵萎缩着，在风中轻碰着已发黄的竹竿，沙沙地，似乎随时会坠下。

上面已有些草芽冒了出来，尖尖的，带着黑色，我在上面挂纸钱。草芽扎进我的布鞋，像扎着我的心，刺痛。

它们似乎认识这双布鞋，又好像不记得。

我燃了一炷香，用力地插进土里，香烟袅袅，往我鼻子里钻。我双膝一软，跪在坟头，号啕着，如一个找不着娘亲的婴儿。

眼泪，鼻涕，尘土，烟灰，都粘在我的面颊。行人，山雀，纸花，草芽，都睁着眼看我。

我头摇晃着，肩膀起伏着，哭声如一阵一阵的风，由山洼攀上山头，朝远方飞奔。

我一个人，形单影只，即使号得出血，也无法拼出两个人的模样。

在母亲面前，我第一次没有装。

我不知道她怎么想，也无从想象。

此后的我，孤独而自由，像一只大鸟，不停地飞，不停地栖上一个一个枝头，领略不同的烟火。

我时不时戴上面具，却又不由自主地装了。

我一直在走，走过四季，走过无人走过的山丘，走过春花秋月，走过海誓山盟，终于将人生走过了一大半，回不了头。

不知还能走多久，不知还能装多久。只在无数个夜里，依稀拉着母亲的手，一边流泪，一边希望将快乐长留。

第三辑　那些故土思与恋

远逝的青春

我抬头看看天，天空仿佛还是当年的样子，碧蓝碧蓝的，连那几朵云都像从未挪过脚步，阳光一泻千里，依旧到我的脚尖停止了。但到底不同了，我的眉梢间，已爬上岁月的皱纹。在我揩汗的刹那，那沟壑深深浅浅地，抚摸着我的手指，舍不得让它们离去。

细雨湿衣看不见，闲花落地听无声。一丝恍惚漫过脑际，有多少的青春，就这样，寂寞地，悄悄过去了。

青春，虽然偶尔也张扬，但更多时候只被我紧紧地捂在手中，不让任何人知晓。

那第一个梦，在秋夜的凉爽中，我将身子蜷在被子中，弓成虾，憋得快要窒息。匆匆忙忙地做完，匆匆忙忙地起床，一身大汗晾在空中，结果天还没亮，剩下鸡鸣在耳边回荡。

我在母亲面前红着脸，在同学面前低着头，将喉结缩进脖子里，将唇角的茸毛对着镜子拔个精光。

青春被我强行塞进变形的身体里，几天吱不得声。

女孩开始在我眼里好看起来，但我只敢远远地用眼角的余光去瞄。一绺柔顺的发丝，一抹灿然的微笑，一副硬挺窈窕的身影，一溜动感勾魂的脚步，离我很远，但又离我很近。

明明是面对面，却总是要钻进梦里，挥之不去，明明在梦里贴得很近很近，在现实中却总刻意地推得很远很远，做出老死不相往来的样子。

在熟悉的人面前，我低眉顺眼，少年老成，将青春收敛得悄无声息。在陌生人面前，我飞扬跋扈，火星四溅，青春如干柴烈火，焰烛四野。

墙角蹲着的一只狗，瓦梢上停着的一只麻雀，曾看见我的青春擦地而过，留下一串尖厉的哨音。

含在嘴里的冰棍，夹在手中的烟，曾看见我的青春化作水，腾成烟，甜中带着苦，涩中拌着滑，一阵阵急急地过去，一阵阵又慌慌地回来。

伸手不见指的黑夜，抬头望不穿的白天，曾看见我的青春如刺猬，缩成一团，在某一刻又膨胀开来，噼里啪啦，炸成一路来不及检视的从前。

我摸着青春的头，恋着姑娘的脸，做一个畏首畏尾，忘情的少年。

我骑着青春的腰，咋咋呼呼，快马扬鞭，在一个一个选择的路口，来不及细看。

有人在身后呼喊，我听不见，有人在身旁留恋，我嬉皮笑脸，有人在前方阻拦，我只昂首向前。

有人挂念，日日夜夜，有人流泪，无休无眠，有人恼怒，恨我疯癫。

每个人的青春都生着一双翅膀，可以栖在地上，也可以飞上天，可以谨慎地行，也可以飞逝如电。

而我，在胡楂满脸，一身风霜之后，只能远远望着青春的尾巴，细数流年。

那些未曾对父母说出口的话，现在只能对着蓬蒿遍地的山丘说了。那句曾刻在树上的誓言，不知随树化成哪儿的灰烬。那个曾要死要活爱过的姑娘，怀中又抱着谁的娃，天天为谁烧饭？那曾经赤膊，揽腰抱肩的伙伴，已不知在何处浪迹，还有没有豪气说，兄弟，莫怕，有什么事，我来先。

曾经酒共一碗，曾经梦里同眠，曾经膝下之欢，一转眼，已是天涯路漫，无法重现。

青春的翅膀硬了又软了，人生的路长了又短了，岁月的河满了又干了，所有的从前去了又来了，而我，只能掰着指头怀念。

一切都要过去，像那些花，会零乱，像那些水，会流走，像那些人，会淡散，像曾经的青春，曾经的少年，一去不返。

我抚着须，眯着眼，好像大梦了一场。天似乎还是那个天，但格外地刺眼，云还是那朵云，但没有了留恋。土地依旧是那片土地，但它们已爬上我的腰，我的肩，卖力地将我朝下按。

有风从远方来，拂过我的脸，颠簸着，摇下一些泪水，有点咸。

举水嬉别山
夕阳云里穿
回首一窝泪
风尘掩少年

心随雨而去

初四落雨十六阴，一个月只有九天晴。农谚有时似乎感觉没什么科学性，但在实践中，又总有太多应验的地方。比如这个月，初四下了雨，十六那天，天蔫不拉叽没一点亮色，这下好了，太阳像国庆中秋放了长假一样，忘了它的子民，理直气壮，不知钻到哪儿晃荡了，死都不肯露个脸。

整天都是雨，整晚也是雨，老天几乎来不及喘息，不，也许每一声喘息里吐出的也全是雨水。雨势时而猛，噼里啪啦，砸得柳叶儿泡桐叶儿急速地扑到地上，并被汇集的溪水簇拥着漂向沟渠和池塘，灰头土脸，仓促着一场不知前程的旅行。雨势时而弱，东漂一根牛毛西扯出几枚发丝，蓬松着向屋檐边的花花草草喷去。几只山雀不知从哪儿钻出来，一荡一荡地俯冲过来，落在电线上，抖抖羽毛，和着晃悠的节奏，喳喳几声，几颗大的雨滴坠到地上，再一仰头，鸟雀已不见踪影。

雨就那样由着性子，轻一阵子，重一阵子，死死巴结着这片土地。四处都湿漉漉，笼罩着一层烟雾。伫立在窗前的人儿，蒙眬的眼神也湿得要拧出水来。那山，那水，那花，那草，那伸手可掬的雨水，都映在眼里，却流淌不进心里。他的眼什么都看得到，蹦跳的雨珠，飞跃的山雀，纷乱的景致，他的眼什么又都看不到，一分牵挂，一分思念，隔着山，隔着水，隔着时空，无法填平。

天烂了，烂得见不着日月，看不清明天，他的心也空了，空得抓不住回忆，寄不出浪漫。他只是长久地立在窗前，从白天到夜晚，不管不顾，眼前的朦胧与黯淡，身后的寂寞与狂欢。他的心似天上的云，看似厚实，实则空泛，只有一丝丝的牵盼如滴不尽的雨水，缠缠绵绵，却不知飘给谁看，也不知有没有那分力量跃过山川，漫过平原，停留在梦到的那个地方，湿了离人的眼。

雨水带着一种上瘾的癫狂，似乎一下要将世间的所有泡成它的样子，却不知它泛滥了太多的遗恨与委屈，痛苦与折磨。很多东西只是带着泪水强作欢颜，压抑的呐喊如躲在山谷中的鸟，只待雨势一缓，便要穿云裂帛，飞上蓝天。

只是这雨不是两天三天，漂走了多少不舍的叶、不败的花、不肯散的土，还有那泛白的思念，带着故乡的味，故乡的韵，绕过山，汇成河，可否经过你的面前？

你在哪儿，请你趁着雨还不停歇的当口，捎个口信回来，哪怕浸烂了，我也看得懂。这样，我可以冒着雨摇一下树，摆一下花，松一下土，让它们多淌走一些。这样，我可以向着你的方向去除荆棘，开一条沟，引更多的水，聚更大的河。这样，我可以随着故乡的山雀，遮挡住一些沿路的太阳，让树叶不搁浅，花朵不沉没，土壤不堆积，思念不干涸。

这样，即使我浑身湿透，即使我大汗淋漓，即便我手酸脚乏，即使我有气无力，即使我日夜不睡，即使我奔跑不息，我的心也会满满当当，鼓鼓胀胀，轻轻扬扬，酣酣畅畅。

我不会在意那“初四落雨十六阴，一个月只有九天晴”，我没有空去琢磨太阳是否偷了懒，不管它在哪一边，我只会在心中企盼，默默数着你的归期。

用心，都是风景

在黑夜，我渴望白天的光明，在白天，我向往黑夜的宁静。

很多时候，我们就这样矛盾着不停地追逐，一刻都不愿等。待到精疲力尽时，茫然四顾，才发现，四周依旧是起点时的风景。

我们总想在路上，总想让别人看到自己努力的身影，总怕别人窥见自己的庸碌，总想跟别人说一段无悔的人生。可很多时候，我们只是被欲念所蒙蔽，凭着一腔孤勇，盲目地耗费自己的青春。又或者陶醉于别人三步两步登顶，以为自己掌握了通天的捷径，便梗着脖子使力前行，孰知，转来转去，还只能在山底看一两颗流星。

其实，什么样的人生才算得上精彩，到达什么样的地方才算是终点，我们扪心自问，谁能够说得清？

心为形役的努力，走得再远，又如何能快乐？何况我们经常只是看起来努力，离心中的彼岸，隔着万水千山。

唯有心安，唯有自然，唯有简单，即使走得慢，一步有一步的喜欢，一步有一步的浪漫，一步有一步的脚印，烙成成长的纪念。

即使看不见彩虹，即使登不上山巅，即使有讥笑横在路面，但每一个转角，每一丛荆棘，每一道难关，都洒下我真真切切的汗，都刻着我举手投足的登攀。

尽管很平淡，但踩过一颗石子后，我回头看，一样可以热泪满眼。至少我迈开了腿，听从心的召唤，至少我不再盲目乱窜，已离开了原点，至少我真实地走在路上，尽管只是一小段，我尽可以坦然，为下一次预备好呐喊。

人生永远没有终点，经常到死也惘然。

走慢一些，走稳一些。别只是羡慕，像只驴子，拉着轱辘只会团团转，也别急躁，巴不得一下扳住别人的肩，纵身一跃，就可触到天。

用心走，抬起腿到落地，看定目标，一步一步向前。前方有彩云，有诗，有狂欢，沿路也一样，有飞瀑流泉，有山外之山，有乍见之欢。

慢慢走，欣赏啊，一切都不会只是梦幻。

只要踏在实处，随手都可采摘成功的果实，只要寻着来路，我们都可以走向远方。

在黑夜，我可以渴望白天的光明，但我必须睁开眼，用心地摸索，纵使跌跌撞撞，人仰马翻。在白天，我可以向往黑夜的宁静，但我必须迈开腿，鼓起勇气，不惧孤独的包围，长夜漫漫，无人探看。

白天与黑夜都是美妙的诗，只要用心，处处都有不一样的画卷，处处都有收获落入心间。

有风无风，我心都荡

很多时候，低下头，我们就只能扑倒在地，而仰起脸，我们却可以踏上高天。

2017 年 8 月 18 日　星期五　忽而大雨

我坐在巷口，凉风一阵一阵吹来。

每到午后，日头偏西，这三米来宽的巷子就成了纳凉的好去处。不知是被谁召唤了，满垸的风都涌到这儿，挤到一块儿凑热闹。

巷子里摆着一些长石条，淡青色，一尺来宽，面上已被一只只屁股，天长日久地磨圆润了。它们成一条松垮的直线，卧在老人年轻人小孩的胯下，将人体的热量一分分地向四周散发。

清风到了这儿，成了愣头青，鼓着劲儿从南向北，向人们的身上撞去，也有一大片一大片冲到墙上，摔个鼻青脸肿，跌在地上打着旋儿，细声呜叫着，又飞快地起身，从缝隙间侧过去。一到了巷口，它们无视我的存在，变成一小绺一小绺，推我一下，便无影无踪。

太多的人争强好胜，风在哪儿，他们便奔向哪儿，偏要与它狭路相逢。有人还将衣服张开，任它们鼓成一面陈旧的帆，看着风钻进自己的怀中，呜呜着找不到出路。

也有的人自得自乐，不管风大风小，一直保持一个姿势，如同上了枷锁。某个时刻，一声爆笑传来，那人浑身一振，猛一抬头，眼睛睁开的同时，袖子已揩掉长长的涎水。

也有些人聚在一起玩扑克，几条油亮的膀子围在一起，脑壳碰着脑壳。经常地，一两张牌或钞票像被风撵着，没头没脑地奔，后面跟着一个人，时而用脚跺，时而用手捞，一边大声叫着，这可恼的风。

风像听懂了什么，一下子停了。那人已窜出老远，赶紧调头。更多的人叫了起来，风呢，怎么停了。叫声里夹杂着太多的蒸汽，有火无声地蔓延，油亮的身子越发光亮了。

往往一整个下午，人们就在这巷子里，或者聊天，或者打瞌睡，或者玩扑克，或者从这头走到那头，任时光一点点溜走，等着黄昏慢慢爬过来，将巷子披上黑色的睡衣。

天气太热，什么都不想做，说实话，很多事我也做不了。比如麻将，我只认得牌，却根本不会打。当然，你也别笑我笨，麻城麻将复杂得很，打一圈下来，绝对比码一篇文费脑筋。

这样的天，我也不想码字，一些灵感早被烤个精光。我就如同屁股底下的石条，静默着不发一言，等着时光过去，盼着自己早点凉下来。风来了，我是那个样，风走了，我也是那个样。凉爽与燥热由身上到心里，由心里到身上，只在我的世界来回。

累了乏了，我偶尔也抬头看看巷子顶上那一线笔直的天，看棉团般的云，看绸布似的蓝，看鸟儿的翅膀，看淡淡的炊烟。我的思绪便越过光着的上身，大笑的脸，眯着的眼，骑上屋檐，站在高处，与更大的风，更广的天面对面。

看飘拂的垂柳，奔走的野狗，它们似乎都触手可及。远处黛青色的山，失去往日的威严，一点都不远，分明可以踩到脚下面。

原来，所有的门槛都是我们自己为自己所设的限。我可以在里面待着躺着，什么都不管，任凉快燥热随风来去，任外面鸟鸣人喊，任时光老去，一天又一天。我一直在那儿梦着，山那边有没有神仙。

我也可以飞出来，哪怕倚着想象的翅膀，也可以更接近蓝天。看天看地看世界，胸中有丘壑，人生自长远。

用着心，用着情，用笔划着桨，让理想靠岸，用笔生出翅膀，达到更广的天，倒也不难。

我坐在巷口，凉风一阵一阵吹来。我的思绪爬上屋檐，立在上头，瞧人生百态，看天地无边，天上人间，又凝聚于我的笔端。

时间不多，我且抓住一把，用文字填满。

不知有风无风，鼓荡的心一下清凉了。

马不停蹄的思念

天很热，在房中枯坐，我的心思始终不在自己身上。窗外有风，一阵一阵向后弯着柳条，却并不怎么用力。

风有自己的方向，只朝着远方。我的小窗，留不住它袅娜的身影。我的目光却被它牵扯着，向远方流浪，心跟着一荡一荡。

远方，很远的远方，有位姑娘。也许她还赖着床，也许她正在梳妆，也许她正在小径徜徉，她的眼睛多情而明亮。

她白得如一朵栀子花，曾盛开在我温暖的心房。那一抹清香，伴着她的柔情，缠绵住我的爱恋，虽然短暂，却轰轰烈烈，地久天长。

她的唇似两瓣温润的蚌肉，曾吐出玉液琼浆。那密蜜的爱意，伴着她的喘息，包裹着我无穷的欲望，只一刹那间，张张狂狂，地老天荒。

她的手似两支蒲苇，环抱着我尖硬的强壮。那如水的力量，似铁似钢，在彼此交会的瞬间，寒夜出现星光，春风漫上山冈，人间不见沧桑。

她柔弱，却无比执着。她娇小，却无比坚贞。她行走时轻轻悄悄，却处处留下印痕。她拥抱时平平淡淡，却时时真真切切。她爱就狠狠爱，她恨就决绝地恨。

她时常忘了自己，却从没忘记我。她时时记起我，再慢慢从我这儿记起她。

她安静时，如一只猫蜷在怀里，却时时挠着我的心。她热闹时，如一只雀蹦在我胸膛，却时时让我宁静。

姑娘，在远方，在心上，在看不见的角落，在忘不掉的旧时光，在我睡着的梦里漫步，在我醒着的岁月撒欢。

在我离去的时刻流泪，在我怀念的日子问安，将苍白替我绘成画卷，将困苦替我嵌上图案，将寂寞替我挂上帷幔，将我锁在两人走过的水水山山，一次一次重复阅览。

天很热，我在房中枯坐，我的身、我的心都热起来了。窗外有一缕风，弯着柳条，却并不用力。我的心思逸出了窗外，追着风的方向，带着炽热，向着很远的远方。

那儿有一个姑娘，也许正赖着床，床边空着一段时光，等着我将心放上。也许正在梳妆，镜子里有思念在流淌，候着我小心地收藏。也许正在小径徜徉，两边草青花香，春意就在面前，只盼一个人来，走出一世的流光。

姑娘莫慌，你要的终会如愿以偿。

我的思念马不停蹄，赶在路上。

我枯坐着，汗流满面，给你的爱恋，与清风为伴，永不打烊。

我和你

人这一生，若以年计，一般也有几十，若以月计，则有几百上千，若以天计，那可就是两三万了。

时光说长不长，倘若无聊，搬张凳子靠在墙角，一袋瓜子没嗑完，人的一生像吐出去的口水，也数完了。时光说短也不短，它会让我们慢慢站起来，快速跑起来，一步一步由稚嫩走向成熟，并迈向衰老，直至死亡。

在这一生中，我们会走过很多路，也许在某一处转弯，就撒下一泡尿，会做过很多事，也许在某一时刻，就荒唐得要命，会遇到过很多人，也许在下一个时刻，就是你。

路有平有洼，有陡有缓，有泥泞有干爽，有杂草有鲜花，也会边走边留恋，边走边怨叹，可一旦走过了，就不想回头看。后面，后面，才是我该去的地方，即使在原地多停留一秒，心也不甘。

事有轻有重，有巨有细，有曲折有平淡，有欣喜有厌烦，也会边做边感叹，越做越心酸，可做了就做了，反正还有更多的做不完。向前，向前，迎接下一个新鲜，接受下一次挑战，其他的先不管。

唯有遇到的人，成千上万，留下太多的感念。也许在少年，也许在青年，也许在老年，某一个人让你切齿痛恨，辗转难眠，想忘却怎么也忘不了。也许某个人在某段岁月，一不小心闯入你的世界，生出许多爱恋，让你奋不顾身，追逐许多年，直至死亡，也难闭眼。

人是一种很奇怪的动物，倘若有缘，惊鸿一瞥，一瞥惊鸿，情丝婉转，一生摆脱不了纠缠。世上不管藤缠树，山中无论树缠藤，金风玉露但相逢，胜却无数人间。奈何桥上痴痴等，魂飞魄散为君怜。

皆因我，遇上你，情深情浅不由天，哪怕只一面，两面，三面，便可情定一生，两生，三生。开十里桃花，修千种喜欢，梦万年不变。

倘若无缘，你是我的眼，我照你的面，天天点头，握手，徜徉于同一条线，可那也只是机械的复盘。心若死水，即使将阑干拍遍，也留不住南飞的雁。情如微光，蜡炬成灰无泪现，暗黑里，谁倚柴门将我唤？不愿，不愿，我不愿回还。

皆因你，遇上我，纵使一生相伴，心若不起微澜，如何让两人成为各自的牵盼？红尘有你，你也只是在红尘中刹那一现，你在红尘，却跨不进我心的门槛。

滚滚浪潮中，你越淘越远，逐渐消散，虽然，虽然你就在面前，可我的眼无法将你看穿，无法抚着你的灵魂说，嗨，我俩一起，将风景觅遍。

悠悠岁月中，他越去越远，却越来越清晰，分明日日夜夜相伴。一举手，一投足，便将记忆的海搅得巨浪翻天。他人去了，心留下了，我丢了心，他捡着了。就这样，心与心一直触碰着，纵使天涯，不觉路远，纵使海角，不觉孤单。

心与心的渴望，犹如浪花对大海的依恋。

就这样，我与你，也许一别经年，无所谓遗憾，也许缘悭一面，却肚挂肠牵，也许朝夕相伴，却隔水阻山。

也许是道不清的厌烦，也许是说不明的喜欢。在几十年，几百月，几万天的时光里，在一壶水、一支烟的闲暇中，你和我，在岁月的尘烟里，时隐时现。

路，走了，还长，事，做了，还有，你，来了，我也许停留，也许挥手，也许轻笑，也许无语泪流，轻轻一拂，湿了两袖。

是否这次我将真的离开你
是否这次我将不再哭
是否这次我将一去不回头
走向那条漫漫永无止境的路
是否这次我已真的离开你
是否泪水已干不再流
是否应验了我曾说的那句话
情到深处人孤独
多少次的寂寞挣扎在心头
只为挽回我将远去的脚步
多少次我忍住胸口的泪水
只是为了告诉我自己
我不在乎

夜

夜幕早已降临，天上没有月亮，星星也不知躲到哪儿去了。虽然没有狗吠与虫鸣，但这儿的夜是不会寂寞的，也不会是漆黑的。

窗外依旧亮如白昼，汽车的灯柱一条条向前冲着，像射向靶子的箭，呼啸而过。两边的霓虹将大街的繁华生硬地扯到我的面前，并将那些嘈杂毫不隐讳地塞进我的耳孔。

这儿的夜带着白天的余威，将大地在我眼前不停地摇晃，它不像故乡的夜那么温柔，那么妩媚。

那儿的夜有虫子呢喃，有蛙鸣娃哭，有蒲扇轻摇，有雪花漫舞，有花儿微绽，有露珠凝结。有一个一个的故事在星星下传诵，有一季一季的收成在月光下摊晒，有一阵一阵的温馨在陋室陌巷中弥漫。

有一盏一盏的烛火渐次点亮，一会儿拉长，一会儿缩短，轻轻地摇曳出一圈一圈光晕。有小狗在桌子底下穿来穿去，有老猫蜷缩在墙角眯着眼，有小鸡在鸡埘里哆哆地啄着羽毛，有人靠在椅子上，头慢慢地垂下去，垂下去，哈喇子淌成线。

然后，一串串呵欠声悠扬地响起，一扇扇门将灯影慢慢剪断，一点点烛火渐次熄灭，一扇扇窗户隐没进黑暗中，静静地等待明天的朝阳。

夜便成了夜，静静地，任星星独自眨着眼，任月亮踩着细碎的脚步从天空踏过，任微风掺杂泥土的气息在村头游荡，任漆黑似浪潮涌来，将一切吞没。

这样的夜便沉在离人的心上，在以后无数个晴天或雨天，路上或梦里，无端地泛起，与思念无休无止地纠缠。

而这儿的夜，黑不下身子，静不出优雅，沉不出神韵，焦躁而迫切，单调而轻狂。车子的轰鸣彻夜不息，宾馆酒店的灯光长明到天亮，忙碌的人们依旧忙，完全没有企盼黎明的热望。

这儿的夜戴着面具，披上伪装，夜成了夜的赝品，黑不是黑的替身，用粉饰的精彩覆盖真实的迷茫，让游子找不到回家的方向。

他们有的抱着手机，啪啪啪使劲地玩着游戏，打发着无聊的时光。有的一边吐着烟圈一边将麻将搓得哗啦啦响，为着五块十块的赌债，推推搡搡。有的你吵我嚷，艳羡着别人日进斗金，眼红得大声骂娘。有的算计着今年的收入，摸着空瘪的口袋，黯然神伤。

这样的夜，让人癫狂。

我环抱着手，看看窗外，窗外没有轻飘飘的旧时光，若不是车灯亮成海洋，谁能知道那是夜的气象。我看看室内，叫声连着叫声，吵闹成一个恢宏的战场，哪儿还有夜的安详。

我的心里空茫茫，是我们忘记了夜，还是夜忘了我们，是城市没有了夜，还是夜只在夜里流浪，是故乡挥别了我们，还是我们抛弃了故乡。

我们从远方来，还将回到远方去。这儿的房，这儿的窗，这儿的每一面墙，什么时候能将我们挽留，这儿的水，这儿的粮，这儿的太阳，什么时候能将我们长久地滋养？

这儿的夜，不管星星多么多，月亮多么亮，何时照到过我们的身上？

在这儿的夜，我们像水鸟，扑棱棱地飞过，前面一直有光，我们却找不到方向，嗅不出泥土的芬芳。

我们恍惚走出了黑夜，却总是在黑夜中跌跌撞撞。

夜在何方，夜在远方，涉过几道水，越过几座山，真正的夜在故乡向我们张望，睁着大大的眼，发出亮亮的光，呼唤迷茫的游子，伏上它的胸膛，将疲累散尽，美梦一场。

马齿苋

难得在家待了这么久，又吃了许多在外面吃不到的菜。像红薯叶，腌豇豆，辣椒丝，虽说是大热的天，吃得大汗淋漓，但有滋有味，一直都不想放碗。

更有腌马齿苋，从小到大，一直为我所爱。

马齿苋算作一种菜，但并没有人将它种在菜园里，权且当作一种野菜吧。它的繁殖能力特别强，每一朵花苞里含着几十颗种子。种子像潮沙那般大小，通体黑色，闪着光泽。种子成熟后，自行裂开，或掉在自己脚下或被风吹走，有的被人采摘后，散落在房前屋后，沟边树旁。

并不因土地的贫瘠或肥沃，每一粒有生命的种子挨着大地，便会发芽，生长，成熟。也许在当年，也许在第二年，田头地角，檐前塘边，都是马齿苋的身影。

这种植物虽然不能当作正菜，不能被人种进菜园，不能享受播种、施肥、浇水、锄草、除虫的待遇，不能被人细心呵护，但一直不会被人忘记，尤其是农村，更是一道不可或缺的菜肴。

马齿苋可以炒新鲜的，伴着辣椒，但这样炒出来会很酸，并不怎么上口。而且它的叶肥厚多汁，一炒一泡水，没多少人喜欢。

马齿苋通常就腌成咸菜，这样便于存放，可以在缺菜的时候拿出来吃，而且腌制后，味道微酸，伴着辣椒，吃着脆脆嘣嘣，非常开胃。

记得母亲在时，每年都要采摘几篮子的马齿苋。那时，碰到哪儿有成片的马齿苋，母亲就会留着心，等着它长大，心里像藏着秘密。庄稼地里有，锄草就特别细心，将它们蓄着，并一再叮嘱哥哥，别将它们拔掉。

待到它们含着花苞将开没开时，母亲就一起扯回来，除掉根，反复漂洗干净。太长的用手掐短些，伴些整辣椒或辣椒丝，撒些盐，然后一层层放进圆肚短脖的陶罐里，用石头压好，盖上盖子。

压菜的石头大多从河里挑选来的，已经被打磨得光溜溜，比拳头稍大。那些石头长期被盐水浸泡，已显示出灰黑色，看起来灰不溜秋，却带着抹不去的温度。

腌菜是挑手的。都一样的做法，有的人腌的菜黑黑的，像从窖里取出来的。有的人腌的菜酸不拉叽，难以入口。有的人腌的菜软软的，像要腐烂，没有筋道。

母亲有一双好手，腌的菜色香味俱佳。特别是马齿苋，腌好后，茎是金黄色，直立着，像活的，叶子褐色，依旧附在茎上，在锅里翻来覆去地炒，也很少掉落。

左邻右舍碰上要腌咸菜时，总要将母亲叫去，看着她亲手将菜放进缸里并压好石头，才会放心。每每这时，母亲像腌自家菜一样，特别高兴。

那个时候农活忙，大人没太多时间打理菜园，一年到头，缺菜的时候较多。于是，每家每户都备了许多菜缸，腌制咸菜。这种菜耐放，又下食，无论干饭稀饭、面条，夹上几筷子，就可管上一顿。

我上初中时，在镇中住读，自带米菜。每个星期天下午，挑着担儿，一头是布袋装的米，一头是网兜装的菜，在山路间，步行十来里路赶到学校，到星期五下午再空着袋和兜回到家里。

带的菜都装在罐头瓶或茶瓷缸里，中间没人送，一下要管足一个星期。新鲜菜往往只能带吃一两餐的，时间一长就馊了。剩下的日子便只能靠咸菜打发了，这其中最多的就是咸马齿苋。

每个星期天中午，母亲先将我要带的新鲜菜炒好，装进一个瓶里，再从陶罐里捞出金黄的马齿苋和辣椒丝，炒上一大锅，分别装进两个瓷缸里。父亲一直在灶下闷头烧火，任炽热将他的面庞灼成古铜色，任汗水在古铜色处蔓延。

在初中三年，我吃腻了咸豇豆，炸黄豆，唯独每星期都有的马齿苋，百吃不厌。很多同学用别的菜跟我换，我还要小心掂量一下我们的友谊到何种程度。

这段时间，我吃的马齿苋是老婆腌制的。一样色泽明亮，酸辣的味道特别开胃，嚼着那茎干和细小的花苞时，咯吱咯吱，令人回味。也有一包一包的干马齿苋，用水漂净，就着五花肉炒，撒点辣粉，吃得可带劲呢。

只是，我会经常不自觉地想起母亲，想起她蹲下身子在地里扯马齿苋的身影，想起她烧菜时撩起衣角擦眼睛，想起她菜装好后对我一再地叮咛，想起她站在岗上盯着我不肯回转身。

想起我学生时代来来回回，想起我打工生涯四处浪迹，想起那一丝对故乡的念想，很多时候来自于那一种叫马齿苋的野菜。

其实，那时候，父母们很忙，我有时很恨他们，感觉自己就像一棵野菜，没人全心地施肥，浇水，除虫，只孤独地在某一处边角自顾自地成长。

现在想起来，我哪是没人管的野菜呢。我一样沐浴着阳光和雨露，一样被呵护的目光包围。他们忙进忙出，一刻不闲，还不是为了我。他们风餐露宿，饱经风霜，还不是为了我。他们走的每一步路，过的每一个日子，还不是为了我。

他们虽已不在，但那种爱的味道一直长留我的心间，从小时候到现在，到未来。

如今，山间田野，房前屋后，那些马齿苋似乎总是一样的茎，一样的叶，一样的花，一年一年，从不曾改变。但那采摘的人，腌制的手，分明已经被岁月更改，而那种味道，无论我漂泊他乡在繁华处孤独地咀嚼，还是赋闲在家于宁静处温馨地品尝，只会越来越浓，一缕缕在心间缠绕。

那一天

天空是铅灰色的，压得很低。细碎稀疏的雨针一般插进水里，点起巴掌大的圆圈，眨眼就消失。有一些风，只在门外徘徊，即使撞到了人，也仅在脖子处停留一下，转瞬便与空气融化在一起，躲到看不见的角落。

这种季节，本已是农闲时候，现在的田地都种得少，田野看不到什么人。塘外边的菜园里，有三几个人摘着黄瓜或豇豆。今年的蔬菜真的丰收了，隔两天就会摘一满篮子。黄瓜又大又胖，豆角又长又实，辣椒翠绿，茄子淡青，种什么旺什么，想什么有什么。

雨太小，风太弱，解不了什么暑气。小孩子大多躺在家里的凉席上，一边吹着电扇或空调，一边吮着冰棍。黏稠的汁水顺着嘴角淌，拉着长长的丝，在某一时候，忽然一下断掉，跌在席子上，很快被孩子的身体碾得没了形。

老人则一手摇着蒲扇，一边往开阔的场地聚集。那儿或者有长石条，或者早已备好凳子。尽管那儿一样闷热，但只要大伙一坐下，开了话匣子，世界一下平静了。蒲扇底下，架起的小腿处，摇摇晃晃的，尽是满足而悠闲的时光。

时光就这么流淌着，从堂屋到树底，从灰白的马路到苍翠的山谷，从黑狗的舌头到麻雀叽喳的嘴，一直到我手里一截一截短去的黄瓜。

我喜欢吃生黄瓜，甚至超过很多水果。以往的这个时候，我总是在外面，越热越忙，根本没时间想起故乡的黄瓜，也没有机会吃。外面的黄瓜大多瘦不拉叽，黑青色，浑身长满毛刺，看上去不太舒服。我从没有生吃过，感觉它们像老家山上的一种青蛇，让人恐惧。

今年，正好我在家里，正好黄瓜满园都是，自然而然，它每天就成了我手中的菜。

故乡的黄瓜大多微黄或青白，光溜溜的饱含水分，握着它如同握着某位故人，亲切，温厚，让人踏实。随着咔嚓咔嚓的声音，黄瓜飞快地钻进我的嘴里，似乎找到某种久已企盼的归宿。

一种沁甜从喉管缓缓滑下，滑一步有一步的欣喜，直至流进心窝，随着血液淌到每一个毛孔，淌到每一处知觉里。

每天就这么淌着，来来回回，往往复复，一日一日累积，累积进过往的岁月和憧憬的未来里。

闷热，我的额上渗着汗，背上渗着汗。云越压越低，雨却越来越小，几乎不见了，而风早已捂着嘴不知跑到哪儿去了。空气凝滞着，似乎将人层层包裹，而时光分明在向前奔跑。

这不，有的花又撑开了一瓣，开得比刚才更热烈，有的花又变黑了，比刚才更憔悴。有的老人将蒲扇摇得更猛，而有的老人已打起了瞌睡。

阿姆从菜园回来了，挎着一个竹篮，里面盛满丰腴的黄瓜。手上的正好吃完了，我顺手拿过一条脆嫩的，一口嚼开，一股清香氤氲开来。

咔嚓咔嚓的声音震得空气一抖一抖的，向天上冲去，天亮了些。一个老人睁开了眼睛，咳嗽了一声，精神抖擞起来。吹来了一阵风，将我浑身上下细细抚摸，我的汗没了。

黄瓜又一截一截短了下去，似那美好的时光一天一天少下去。

过不了多久，我又将背起行囊，而那时，故乡的黄瓜没有了。

但它们浸在我的每个毛孔里，在某一个闷热的天气里，随着汗渗得我满身都是。

那一天，也许有雨，也许有风，也许有花在盛开，也许有花在衰败，也许正有故人来。

迎接每个好日子

这次在医院里，尽管很痛，痛得灼心，我并没叫几回。

每天吊盐水，手上的血管钻青了，肿了，护士逢上给我打针时，总是很紧张，说我的血管太细，萎缩了。虽然百般小心，可每次总要打两下甚至三下才好。病友们说是“打一赠一”，虽然打一下，只像蜂子蜇一次，可还是会让人产生恐惧。

邻床的小伙子说我脾气好，若是他，肯定要发火，甚至投诉，我从不，我知道，没有人愿意这样。护士没打好，也会歉意地笑笑，轻声地说声对不起。

别的病人旁边每天围着很多人，吃吃喝喝，说说笑笑。只有我，每天一个人上厕所，一个人打饭，一个人灌开水，一个人立到窗户边，看外面的高楼，及高楼里的灯火。

有阿姨说我坚强，有意志力，我只是笑笑，一个人独自缩进被窝。我有寂寞，不知与谁诉说，我有眼泪，总是被我生生憋着，我有很多事不想做，但又不愿意麻烦别人，我想到外面走走，但楼梯，扶栏，人流，全都将我绊着，我只能将许多念头放在心里埋着。

人在孤独无依的时候，会变得特别脆弱。会埋怨自己的命运，会恼恨自己的过去，会怀疑自己的将来，会希望自己干脆一下子死去，只当不曾在人世走过。

会对别人的一句话感激不尽，会对别人的举手之劳深深记着，会对别人一点的施舍看得似天大的恩。

会觉得每一个对你微笑的人像亲人。

人在难处时，也会特别敏感，特别容易动情。

每天夜里睡不好，早晨起得早，看到走廊上用尼龙裹住脚抵御寒气缩成一团的老人，我会心中一紧。看到卧在简陋的睡床上的农民工，被子一大半掉地上，我来回踱着，总想替他将被子盖好。看到值夜班的护士，头靠在大理石台面，眼镜摘在一旁，我会摸摸台面是不是冰凉。

我看到护士站台架上有金鱼在水池来回游弋，有绿草红花在恣意生长，而天际的太阳已经升起，阳光穿过窗户，将温暖洒在水泥楼面，一点一点向人们追去。

新的一天开始了，又将产生多少奇迹，又将有多少人告别伤痛，迈进新的生活。

慢慢人多了，吊臂扶棍，裹足推车，男女老幼，开始出现在走廊里。很多人表情难受，好似要哭，但又分明咬着一丝笑。

并不需要互相介绍，我对他们点一下头，他们对我点一下头，我对他们问声好，他们对我问声好，我询问他们的伤情，他们询问我的伤情。

人与人的交往就这么简单，你将他的痛当成自己的痛，他也将你的痛当成他的痛，你将你的快乐分享给他，他便将他的快乐分享给你。

不在乎性别，不在乎年纪，真诚是最有效的通行证，理解是最得力的调和剂，我们因为伤痛走在一起，我们因为伤痛互相扶持，我们因为伤痛互相感动彼此。

世界在这一刻，变得最美丽。

而再大的伤，再多的痛，我更有勇气咬牙坚持，再多的苦，再多的难，我能够一步一步走下去。

太阳升得更高了，照在许多人的脸上，笑容白晃晃一片。

一个小姑娘也从架子床上爬起，奶声奶气地说，天晴了，又是一个好日子。

我有一个小男友

最近比较烦，真的比较烦，简直是一种折磨，我谈了一个比自己小5岁的男友，不，是一个比我小5岁的男孩在屁股后使劲追我，不到手不罢休。

别看他年纪不大，可追起女孩来，一套一套的，像枷锁，一寸一寸地勒紧我。其实，爱情这件事，我觉得真的要靠缘分，一般的小打小闹，还真过不了我的眼，如同一件衣服，仅仅靠式样，花色，想吸引我，我才不会轻易往身上披呢。

毕竟我还是有些底气的。

相貌嘛，我实在不想将前人那些美好的字眼拿出来往我脸上贴，以免被人误以为是王婆。你只需留心一下，无论我在乡下小巷，还是繁华闹市，经过我身旁的那些人的眼神，由远及近直至回头拧得脖子痛的那些眼神。哪个女人不是带着杀气，嘴里啧着嫉妒，哪个男人不是含着贪婪，嘴里咽满口水。

记着，我不是王婆，我是王姑娘，一年四季娇滴滴盛开的一朵鲜花。

这样一朵含羞掖翠的花，本该迎风招展，芳菲尽现的，可现在居然见春风不喜，沐暖阳不欢了。

我被一个小 5 岁的男孩使劲追着，他居然还觍着脸皮说我很早就开始勾引他，惹得他现在把持不住，要奋力反击，一雪前耻。弄得我倒分分钟觉得自己在犯罪，似乎在拐卖幼童，不禁怀疑起以前的人生了。

我也真是不争气，这么一朵好花竟然对一棵不起眼的小草想要开得更艳。有别的小姑娘对他示好，挤眉弄眼，用他的话说，是大明大白送秋波，甚至还有一个比他小 3 岁的丫头片子也跟着一块儿搅乱豆腐，凑热闹。那就是比我小 8 岁啊，乳臭真的没干呢，能懂什么情什么爱。但是，即便他们只是靠在一起看流星，呱唧呱唧寡淡如水的人生，我的心也会隐隐地痛了。

我本该可以不用吐唾沫，挤眼睛，跺脚板，大大方方地不屑呀，甚至可以连不屑都省掉呀。我来哪门子的醋海翻波，花容失色呢。

小时候的他多乖呀，我抱他，他只是傻笑，掐他的脸，他只能瘪嘴不敢哭。我走到哪儿他跟到哪儿，紧紧地拉着我的手，生怕我甩了他。我吃饭时，他非要从对门跑过来，可怜兮兮地讨两口。

没想到，裤子刚穿利索点，他居然也学坏了，只许我扮他的新娘，他只作我的新郎，屁大一点就说要保护我，让我挺直腰杆跟着他走，让我这个姐完全失去了姐的威风。

也不知从哪儿学来招式，有了糖要留给我吃，有了玩具要给我玩，看见别的女孩穿了新衣服，也将一分两分的硬币聚起来，准备以后给我买。这小子不是良善之人啊，从小就好色，看上我这老姐呢，分明一直在勾引我，我竟然一直由着他。他这伏笔埋得远啊，从三岁伏到十八岁，一声表白，要我做他的女朋友。哧啦一声，我真的像被电击了。

如果说以前他表白了很多次，我完全可以忽略啊，甚至可以将他抱起来，亲亲他稚嫩的小白脸，叫一声小郎君，然后一把放下他，该干啥去干啥。谁会将一个毛孩子的话当真呢，除非脑子进了水。

可这一次，他说喜欢我时，他的脸红了，眼睛低垂着，唇边的胡须浅浅的，在阳光下轻微地抖动。可这一次，我再不能抱他了，更不能亲他了，完全不知所措，因为我的脸热着，刘海垂下来，遮住了一眨一眨的眼。我的心口跳得厉害，在阳光里咚咚地响。

可这一次，他又抓住了我的手，还环住我的腰，这分明是无数次中的一次，我竟然觉得他吃了豹子胆，又觉得他真勇敢，像个男子汉。可这一次，我多吃 5 年饭的力气没有了，我当姐的威风完全扫了地。我仿佛变成一只猫，格外地胆小，只想往他的怀中缩。他小小的胸膛一下子那么宽广。

我不知自己怎么了。天地良心，以前，我一直将他当弟弟看，天地良心，以前，我一直以为他长不大，只会跟我玩过家家，说不出真正的爱。我也从没想过要将他等待。

我真的好烦，我烦自己不能变得更加好看，我烦自己哪一天老得太快，我烦自己不懂得付出宠爱，我烦自己拉不下脸，我烦自己那么地小心眼，连他与比我小 8 岁的表妹在一起玩，我都看不惯。

你们说，我讨不讨厌。

我烦他还像个小孩子一样，天天想拉我的手，天天想从对门过来往我碗里搛肉，我烦他一点都不懂事，不喊我姐只称我秀秀，我烦他不知道避嫌，哪儿人多，将我搂着往哪儿凑，好像我是他的所有。

我真是后悔，怎么乐意让他当自己的男友。只怪自己心太软，从开始到现在，一味地迁就。

可是，时光真的回不了头，小时候说的话，有时候可以作数。

春　爷

春爷是我平时最敬畏的一个人。

小时候，会不经意遇到他，老远就听到啪啪啪的脚步，像一阵急骤的鼓，震得人心里发颤。我总是能绕就绕，能躲就躲，尽可能不与他接触。

那时，他三十来岁，额宽面善，头发蓄得很长，鼻子下一道黑黑的横须。他言语少，总显得与乡亲有些格格不入，但他总想努力融入进去，却明里暗里带着疏离。

从我记事时起，他就在村里生产。犁田打耙，撒种育苗，割麦栽秧，他样样都做得认真，却样样不精通。经常有乡亲笑他半瓢水，犟生子，他脸红红的，从不还嘴。

农村人的门槛低，喜欢互相串门，吹牛打拍。活跃的人，一天可踏过十几家的门。春爷很少走动。农闲时节或晚饭后他大多窝在家里，谁也不知道他怎么那么多觉睡。

有人说他家穷，为了省茶水，不走动也免去了别人上他家，有人说他家富，怕露财，人来人往有人借。

农村人实在，过了一个门槛，一支烟、一杯茶是必须的待客之道，村子小，互帮互助，有借有还也一直是传统。

春爷却并不。他家的门槛除了自家人、亲戚，自家的鸡、狗、猪，再就是太阳的影子。

但春爷却喜欢上我家，虽说是十天半月才一次，但于他，那确实属难得的事。他每次进了我家的门，身后总有人骂，这个娘卖X的，也不晓得么样得罪了他，从我家门前过，瞄都不瞄一眼。摆出吃皇粮的架子，却还不是一双紫脚杆，在泥水里滚。

其实，村人是想他串门的，他肚子里有学问。他串了谁家的门，谁家像获得荣光，后生就有希望。

听大人说，春爷是老牌大学生，高中物理老师，自幼聪慧过人，16岁就考上少年大学。

就是这样一个知识渊博的人，上我家，也只是向大字不识几个的父亲请教，何时下谷种，麦子得了锈病如何治，上畈那块月牙形的水田从哪里开犁，才会犁得到边到角。

父亲耐心地给他讲解后，会给他倒杯茶，递一支烟，让他等会儿。之后，父亲满垸子慌慌地找我，像捡到一个宝贝，赶紧要给我看。

等我满头大汗地进屋，春爷的面前烟雾笼罩，只有那一字须似一截黑炭，横在我眼里。我想收回目光，春爷却将手搭在我肩上，捏了捏，去，将作业拿来，或者有什么不懂的尽管问。

每每这时，我的敬畏就从脚底冲上头顶，撬动着每一根神经。无论我百思、千思不得其解的题，或者从别处拿来没学过的题，在春爷面前，那都是秒秒钟就可解决的。

别看他平时嘴巴严丝合缝，可一讲解起来，就如同演员上了舞台，精彩万分。他一边讲还一边问我懂了没，我点头时，他还再三问，是真懂还是假懂，顺便再出几道类似的题，让我独立完成。

他与父亲又沉入到烟雾中，研究起水稻要不要再灌一次水了。

到出门时，父亲会嘱咐春爷多辅导辅导我。春爷嘴巴一咧，将唇上的胡子挤得瘦了许多。那是当然，我就看着这苗子好，所以才时时登门，种庄稼不在行，育人，那可不在话下。

哎，那以后可不可以让××晚上去你家？哦，算了，你要睡觉，不能打扰你。父亲感觉说多了，赶紧捂住嘴，露出一抹不可捉摸的笑。

春爷的脸板正起来，说什么呢，我哪有那么多瞌睡。我是想看看书，怕被人打扰。我看书还有个毛病，特别爱喝茶，烟也是一根接一根。我看一晚上的书，要喝掉几壶茶，大半包烟呢，这还受人管，节制着呢。

我还是经常来你家吧，帮我省些茶烟。

春爷哈哈笑起来，将院门一带，老远还扔下一句话，好苗子，可要爱惜着。

有农作物成熟时，父亲会让我送些给春爷。当我走进他家院子，结结巴巴地说明来意，春爷大手一挥，拿回去，自己吃。我立即噤若寒蝉，三步两步跑回家里。

有时，我也好奇问父亲，春爷是大学生，怎么弄得在老家种地。父亲猛吸一口烟，呛得眼泪都出来了，他一边抚胸一边轻声说，大人的事，莫问了，更别去问春爷。记着，要是问，我打断你的腿。

说实话，我真不敢独自面对他。他一直不太合群，有一种不怒自威，有一种让人不敢仰视的气势。但我却被他独自宠爱，在一种毫无知觉的幸福中成长。一直到现在，还被满垸的人嫉妒着。

如今，一些发小碰到我，看到我混成这个惨样，还会揶揄，当年，我如果有春爷辅导，早就是大学生了，当年，春爷要是点拨一下我，我肯定比现在强十倍百倍。

尽管他们开着无心的玩笑，但那些话却似一根根尖利的刺，在我的心头狂乱地扎着。我只能忍着锥心的痛，却无处诉说。

我对不住春爷。

现在，我已成了一个大人，能够独自追求理想，能够独自承担责任，能够独自与春爷面对面坐下，能够泡一壶茶，抽一支烟，与春爷谈论棉花的棉铃虫，水稻的叶枯病，犁把扶高犁得深，稗子幼苗的认法。

但我却无脸与春爷讨论三角函数，牛顿第三定律。这些东西早被我踩进各家的门槛里，没有一点记忆。

即使我能抓耳挠腮凑上一言半句，我也不便打扰依旧看书到深夜的春爷。

而如今，我根本就没有机会。

春爷依旧不合群，一个人躺在上畈面朝举水的洼地里，坟头面上嵌了一层黑黑的青砖，犹如他唇上的须。

每当我立在那儿，它们如同挤着，便悄悄地瘦了一些。

第四辑　那些故事恋与怀

爱本无言

家里的电饭煲大的小的有好几个，有的包装都没拆开就被搁在某个橱柜里，有的虽然拆开，但也用几层方便袋套着，藏在某个不轻易触碰的角落。

被冷落的不光有电饭煲，还有煤气灶。相较于电饭煲，煤气灶偶尔会红火一下，但那也是来了客人，为了多炒几个菜而已。每每这时，它便幸福得吱吱直叫，冲出一些好闻的油味。大多时候，它只能待在土灶的旁边，冷着黑黑的脸，一声不吭。

最受宠爱的自然是那两个立方左右的土灶了，虽然它的年龄不大，只有十几岁，但经过岁月的磨砺和蒸煮，已经饱蘸着人间烟火，显出一副成熟沧桑的稳健。

它很朴素，其实甚至可以用丑陋来形容。它的身子呈四方形，有些笨拙，黑黝黝地，偶尔某个地方有一小片灰白，似乎是一片皮肤被人抠破了，开始溃烂。它的身子虽然陈旧，但它的台面却很光洁，上面铺着蓝色的瓷砖，只要有人靠近它，人的影子就在台面上跑。

灶头立着一根碗口粗的烟囱，直直地捅向屋顶，在瓦面上探出脑袋，睁大着眼，似乎等候远方游子的归来。无论晴天雨天，冬天夏天，一年三百六十五天，一到那个时候，它的思念便化作缕缕炊烟，或向南或朝东，向游子停驻的地方逸去。

灶中间是一口大锅，长期的油浸水擦，早已黑得透亮。里面本来要煮六个人的饭食，只因有个人长期漂泊在外，它便时时像藏了心事，将情绪闷成一个个热气腾腾的泡泡，此伏彼起，不断翻滚。而铲米下锅的人，经常用碗量着六个人的米，等到要浸水时，才恍然惊觉，拂拂额角的头发，哑然失笑。

灶的前壁是青砖大小的灶口，里面圆圆的，能够包容一切荆棘和杂草，当然，更有无限的暖意。只等爱火一点燃，便蓬勃着，煮起一锅热饭。而袅袅炊烟便爬上屋顶，向远方，向田间地头，向学校飘散，一遍一遍无声地召唤。

平时，老灶静默地立在那里，不卑不亢，如同一个慈祥的老人，想着年少时的心事。其实，它有充足的理由傲娇，每天一日三餐，早晨，中午，傍晚，一家老老少少总绕着它转，从它这儿吸取营养，增添力量，一天天成长。之后，家人或去田间收割希望，或去学堂获取知识的琼浆，或去远方将未来闯荡，或者将梦想在夜里远航，去迎接黎明的曙光。

电饭煲快捷灵便，但它焖出的饭总显得有些僵硬，似乎缺少些营养，最主要的是它没有金灿灿的锅巴，沥不出浓稠的米汤。煤气灶炒菜快是快，但太急躁，显不出温热敦厚的稳重，它炒的菜似乎少了一些汗水浸透的烟火味，而多了一些古里古怪的煤气味。

土灶虽然换了又换，但伴了我几十年，不光老人喜爱它煮的饭、炒的菜，我和孩子也是特别喜欢。虽然它显得笨拙呆板，但每一步都透着无可替代的温暖。

干劈柴进灶，火光一闪，呼啦啦便散出灼热，淘米下锅，煮开沥饭，切菜拌料，油煎烹煮，蒸汽拂面。最后在锅底洒一圈油，将沥干的饭倒入锅里，盖上锅盖，焖上十分钟，米饭诱人的香气便传出很远很远。

记得小时候放牛，我们就看烟囱的烟来判断饭熟了没有。“大烟冒，还早哩，细烟冒，正在沥，没冒烟，等一刻，回去吃。”一看没烟了，我们一边唱着歌谣，一边将牛赶得飞快，在母亲的呼唤声中，巴不得一下趴到土灶边上。

之所以偏爱吃土灶煮的饭，就因为它烧得格外香，有锅巴，有米汤喝，这是别的灶具无法做到的。

饭熟后，揭开锅盖，趁热盛起饭，锅底便留下一层圆圈形的锅巴。只要火候得当，锅巴贴锅底那一面便焦灿灿的，加上洒了一层油，一盛起来，香得让人滴口水。铲下一块放进嘴里，脆得咯吱咯吱响。锅巴可干吃，酥脆爽口，也可用米汤泡着吃，有劲道不硌牙。

白米饭盛进盆里，用锅铲铲起锅巴翻个面，再将沥出的粉白黏稠的米汤倒进锅里，将锅巴完全泡着，往灶里塞一小把秸秆，生起一阵小火。一会儿，锅里便有丝线般的蒸汽袅袅升起，一锅滚热而有营养的锅巴粥就好了。

以前，农村养小孩，没钱买奶粉，就用锅巴粥喂。往往吃饭时喂一次，之后，再将多余的盛满一个瓦罐，将菜汤油水拌入，盖上盖子，放土灶里煨着。等到半中午或半下午，小孩饿了，就拿出来倒上一小碗，喂给孩子，其余的又继续煨着，孩子啥时饿了，啥时倒出一些来喂。

我们那个年代，都是吃着罐粥长大，真正的绿色环保食物，又有味又有营养，尽管长得不胖，但很结实，很少生病。

如今，虽然很多人都建起现代化的厨房，但同时也保留一座土灶。有客人来时，就用那些电器什么的，没客人时，大多用土灶。在烟熏火燎中，米饭格外香甜，锅巴粥格外营养。

而我，更是一辈子难忘，那一瓢一勺的喂养，那每滴汗水每声咳嗽中的爱意，如同这座土灶，尽管无言，但始终在我面前，无法抹去，无法消散，永远也不会离去，在我的有生之年。

故乡美味之糯米酒

进入腊月，人们就开始置办年货了，其中之一便是打糍粑。某一日，某个村人便会东家串西家，“哎，× ×，把糯米浸上，明天一起打糍粑哈。”第二天，一些约好的农户，家家厨房便会飘出糯米饭的浓香。

一甑熟糯米，除去打糍粑的外，往往也会留一脸盆用来酿制糯米酒。糯米酒制作起来特别简单，虽不能一饱肠胃，但作小食，招待贵宾，却为上上之选。

年底了，一些新姑爷，新媳妇去丈人或娘家省亲辞年，寒暄客套过后，一碗热气腾腾的糯米酒端上桌。客人俯下身子，用瓷勺拂一拂飘浮的乳白色糯米，吹上一口气，舀上一勺浓郁的热酒，糯米入口即化，舌尖上甜津津的，沁入喉管，化作额上一层层细密的汗，无暇揩去。

旁边，丈母娘看女婿，公公看未来的儿媳，爱人看爱人，越看越亲密，越看越陶醉。

熟糯米铲入脸盆后，将手清洗干净，放入酒糟。原来的酒糟如鸽子蛋般大小，圆滚滚的，现在的酒糟都是粉末状，倒少了捣碎的工序。将酒曲与糯米搅拌均匀后，时而摊开巴掌，时而握紧拳头将糯米捣平压紧，然后蒙上一层洁净的纱布，再盖上铝盖。

现在的老人依旧会在纱布上放一把剪刀或菜刀，与美酒作伴。酒来了，发出浓香，会引来一些馋鬼，掀掉盖子偷酒喝，哪怕是被它们用手摸过，酒也会变质坏掉，没有香味。

当然，这属于一种迷信，但老人们依旧会如此，压压邪气。

然后将脸盆放入一个垫着棉絮的泡沫箱或纸箱，还要用五六个玻璃瓶装入开水，放在脸盆周围保温，再盖上棉絮，放在一个干爽温暖的房间。有条件的，还会在房间装上一个大功率的电灯泡，借以增加热量。

放置十几个小时后，将玻璃瓶的冷水倒掉，再又倒上开水，防止美酒冻住。如此反复，气温高时，或许三天，气温低时，或许五天，酒就来了。

酒来了时，糯米发酵松软，大多都绽开了，变得雪白晶莹，发出浓烈的香气，用手摇动脸盆，糯米随着脸盆晃动，分泌出一种黏稠的汁水。也有些酒变得又红又黄，老人说是被鬼摸了，其实是保温措施不到位，冻坏了，这样的酒香味差了一大截，甚至有些苦，糯米嚼在嘴里打渣。

酒做好了，依旧放在盆里。有客人来时，铲上两捧，掺上凉水，再放上几块糍粑，在锅里煮沸，闷上几分钟。掀开锅盖，糍粑软得像棉絮，糯米轻盈得如同雪花，而那股香味，早已穿过瓦缝，飘浮在屋前屋后，行人紧紧吸着的鼻孔里。

“哈哈，老张家来贵客啦。走，看看好女婿帅不帅，看看媳妇儿脸红不红。”一群人蜂拥而入。

案板上，早已摆好一长溜儿青花瓷碗，碗里盛着一勺白砂糖。妇人扎着围裙，正拿着长柄铁勺，挨次儿舀一块糍粑，舀一勺米酒。

大家伙不停地搓着手，吞咽着口水，眼中伸出了钩子。一锅不够，两锅也不够呢。

没人注意到那新客，咦，好像第三锅还轮不到呢。

半死不活的爱

木心说：谁有一颗心，心里有爱，就被弄得半死不活……

有人说，我心里的爱太多，泛滥得像潮水。潮水我没看到过，虽然我曾在很南的南方，很东的东方都待过些年头，春暖花开见了许多，但我并没有面朝大海，赤足而歌。

我不知潮水因何而起，是否是因为爱，但我听说，它们却曾带给人伤害。我也不知道它们怎样汹涌而来，再又疲惫而去，是怎样留下痕迹，又是怎样转瞬即抹去。

我有爱，但应该不像这样的潮水，充其量只能说如家乡的举水，轻拍两岸，澄澄澈澈，绵绵不绝，给人留下温柔在心头。

亦如木心说的，那么，我是不是死去很多回，又活过来许多回呢，这样死死活活，那也还是半死不活的。

因为爱，当我枯萎时，是不是可以大义凛然地说，再过二十年，我依旧是一条好汉。因为爱，当我灿烂时，是不是可以满心喜悦地说，你别走，我给你精彩。因为爱，当我平庸时，是不是可以蓄满无边无际的等待，只求你来。

因为爱，我又何惧生之艰难，因为爱，我又何畏死之孤独，因为爱，我岂又在乎半生不死的无奈。

无论生，无论死，无论生不如死，无论死里求生，可是，我心里不得不爱。

有人给我微笑，有人给我鼓舞，有人给我拥抱，有人给我关怀。有人雨中为我撑伞，有人风中为我挡寒。有人落魄时远我，有人富有时亲我。有人在身旁伴我，有人在远方念我。

有人为我立黄昏，有人问我粥可温，有人替我捻熄灯，有人供我书半生，有人为我软了魂，有人为我硬了心。

我的心里除了爱，还能剩下什么，我的爱，又怎么能只有一点点？

我的爱并不像潮水，毫无缘由地生起，毫无缘由地澎湃，毫无缘由地消失，只自顾自地轰鸣一阵，给人空欢喜，给人空战栗，再不留下痕迹。

我的爱是爱我的人赐予的，带着温度，我只是细心地珍藏，沉淀，发酵，然后有人需要时，适时地付出。我的爱很平静，甚至不起微澜，但它一直有坚韧的生命，一直向懂我的人群而去。

我的爱有毒，有味，有趣，能让人呼天抢地，夜不能寐，能让人苦涩甜蜜，悲欣交集，那是因为，它一直带着最真最纯的心。

那也是因为，我遇到有爱的你，最真的你，我一样变得神经兮兮，没高没低。

就是这样，我的爱带着我的心，在光明里奔行，遇上了你的心，撩起你的爱，粘在了一起。

从此，被弄得半死不活，一生痴迷。

有了它，走到哪儿都不怕

今天点了一个黄瓜炒瘦肉，黄瓜生不生，熟不熟，好像有点腥味，吃得差点作呕。

我本是极爱黄瓜的，尤其是生黄瓜，摘下来，将手卷成筒，来回忽拉两下，去掉毛刺，倘若有水便冲洗一下，无水，用手揩揩，塞进口中便吃。

咯吱咯吱，脆脆地在鼓起的腮帮子里响，一阵清甜的味道顺着喉管而下，两颊也长久地留着余香。

当然，这是家乡的黄瓜，短胖短胖，如一条条多汁的芝麻虫。它们全身青白色，毛刺很稀，皮薄，长得匀称。味道自不必说了，又香又甜，比很多水果都好吃。

在外面打工了这么些年，吃过不少黄瓜，它们全是那种又瘦又长的深青色黄瓜，全身长满毛刺，水分不多，极易蒸发，放上一两天，皮便开始收缩，外面软塌塌，里面干巴巴，嚼起来有些打渣。

与家乡的黄瓜比起来，一个天上，一个地下。

但因我自小就爱吃黄瓜，有时也作权宜之计，将外面的猛吃一顿，聊解相思。

小时候，真是爱极了黄瓜。

从光着屁股起，我便时时惦记着菜园里的黄瓜，不光惦记自家的，也惦记着别家的。

那个时候，农村的娃除了吃些蔫花生米，再就是自家院里树上的梨或桃，杏子。可这些东西，一棵树上只结那么多，而且只结一季，从拇指那么大就开始想方设法弄到嘴里，它们哪里长得赢，哪里够吃呢。

我们就将目光瞄到菜园里的黄瓜。它们并不比水果差，而且摘了又会结，果实会结两三个月，非常受欢迎。

黄瓜成熟时，一般都在夏天。夏天的孩子最活泼，衣服穿得少，身子灵巧，瓜果又多，在这个季节，我们很少挨饿。

白天，我们经常在菜园旁水塘里游泳，洗着洗着，偷偷溜上岸，说是去方便一下，专拣有黄瓜的地方钻。猫着腰，眼射精光，对于黄瓜，我们的眼睛毒得出奇。三两步，便在黄花绿叶间，攥着一根，用劲一扯，黄瓜就属于我们了。

有了吃食，我们更来劲了，扑通扑通跃入水中，一会儿，这儿一个脑壳，那儿一个脑壳，像一只只葫芦浮浮沉沉。挨着葫芦近处，都扬着一只手，手中举着一根黄瓜，时不时葫芦向上冲一下，那黄瓜便被塞进口中，咔的一声，短了一截。

夜里，有电影时，经常看到一半，口哨一吹，几个伙计约在一起，向白天瞅准的黄瓜而去。夏夜会有毒蛇，因此我们都穿着布鞋，并将裤脚放到最低，袖子也全部笼下来，这样也可防止黄瓜叶上的绒毛扎了皮肤。

衣服穿得多也有好处，可以摘更多的黄瓜，将上衣扎进裤带里，从领口可以塞进许多黄瓜，前前后后绕一圈，立即臃肿得如同企鹅。

当然，黄瓜都是有主的，第二天，保证有农妇在园头或者礼堂岗，双手叉腰，高声叫骂。每骂一下，脚便跺一下，手便扬一下，仿佛踢得到或抓得到那挨千刀遭雷劈的混账小子。骂声婉转悠扬，如泣如诉，入情入理，令人动容，我们有时在家里恨不得拍起巴掌赞扬。

每每这时，母亲便会拿目光灼着我，我自然不会红脸，脸皮早被揪得城墙那么厚。我起身，或者去看肥猪在泥坑里打滚，或者去看母鸡是否偎窝。

有时我会特别勤快，主动向母亲请缨，去菜园里抓黄瓜叶上的萤火虫。可别看萤火虫晚上像一盏盏灯笼，四处游动，惹人遐思，其实它是一种害虫。它们特别爱吃黄瓜叶，黄瓜苗刚出芽，就有它们的踪影，可以说，它们对于黄瓜叶的喜爱不亚于我们对黄瓜的喜爱。

黄瓜叶上一个一个的小洞，全是它们祸害的。当然，我在抓它们保护黄瓜时，想必黄瓜也会特别高兴，它们经常不经意地将饱满的身体裸露在我眼前，倘若不摘，也太对不住自己那一直断不了的涎水。

母亲自然是不会说什么的，只要我们吃了不肚子痛，能够快快乐乐地玩耍，健健康康地成长，她便可以安心安意地在土地上耕作，期待着好的收成，让一家有吃有喝，和和美美。

那个时候，我特别喜欢去姐姐家，当然是在夏天。她们村庄人口少，土地面积大，每一家都有很大的菜园，菜园里自然种了许多黄瓜。黄瓜只要肥下得足，架子搭得好，别让它荒芜，它是非常高产的。她们村每家每户都有很多，根本吃不完，也就没人偷，还常常腌成咸黄瓜条，留到冬天再吃。

我每次去，恨不得在园里搭个窝棚住下来，回去时，当然满载而归。挑着两个鼓胀的蛇皮袋，尽管大汗淋淋，我一脸嘚瑟。沿途羡慕的目光织成一张密密麻麻的网，将我困在网中央，一走一晃荡。

伙伴们的鼻子特别尖，老早就闻着黄瓜味了，潮水似的往我家里涌。平时关系好的伙伴，此刻是贴心贴肉地好，平时关系不怎么好的，此刻也是好得离谱。

黄瓜，在我整个童年少年，都是我舌尖上无法抹去的美味。一直到现在，我依然狂热地爱着它，每每夏季回家，总会踱去菜园，猫腰曲身，眼睛滴溜溜地转。

瞅着一根黄瓜，像见着儿时的伙伴，立即趋上前，握在手中，用劲一扯，黄瓜便在掌中。再将手卷成筒形，来回忽拉两下，塞入口中，咯嘣一声脆响，黄瓜短了一截。

腮帮子鼓起来了，齿颊留香，久久不绝。

我爱吃黄瓜，说出来不怕你笑话，夏天出来时，老婆总要买些水果让我带上，我全都拿了出来，留给孩子们。我会带上十来条家里的黄瓜，青白色水嫩的黄瓜，坐在动车上，时不时掏出一根，咯吱咯吱嚼起来，不理会四周奇怪的眼神。

我走得越远，越容易想起家乡的黄瓜，有时淌着汗，有时流着泪，有时屈辱得彻夜不寐，但一想起黄瓜，如同面对亲人，总会给我安慰。

它们一根根叠在我面前，像那些伙计一样，阿谀着将我奉承，让我觉得所有的苦，所有的累都无所谓，至少还有亲情、友情将我浓浓地包围。

也许，有了它，我才不那么思家。

你在城里好吗

六婶很白，像城里人，丹凤眼，说话带着磁性。她有着一种说不清的气质，又温柔又矜持，让人时时想靠近却又刻意保持距离。

这是三十年前的六婶，我记忆中的六婶。那时，她还住在村里，是一个裁缝，有着一双人人赞颂的巧手。

那个时候，农村人一年到头置办不了什么新衣，就是置办，也没成衣可买，都是到街上的布店扯布料，再叫裁缝到自己家里量身定制。

富裕点的，一年可以请两次，冷热季的衣服各做几套，磕巴点的，只在年前将师傅接进门，给娃儿换一身过年衣服，免得让孩子眼馋，显出寒碜。

我们村子大，六婶手艺好，一年到头，她总是忙的。

谁家要做衣服，一套或者单件，往往先让六婶去量量腰围，身高。她量得很仔细，或者一米二，或者一米五，尽可能地给主人节省布料，并让衣服合身。

主人布料买好后，头天晚上就会去六婶家里，说上一番好话，将缝纫机挑到家里，再三嘱咐六婶，第二天早上不要烧饭，到他家去吃，并带上堂弟堂妹。

到了早上，主人烧好饭，左等右等，就是不见六婶来。赶忙再跑去找，六婶已端着碗在吃，堂弟堂妹早吃完，背着书包上学去了。

主人会好一通懊恼，应该大清早就来叫。六婶平静地说，乡里乡亲，不要太客气，哪儿吃都一样。

农村的匠人给人干活，主人半中午半下午会给师傅下点面条或煮点鸡蛋吃，叫作过中或过下中。六婶给人缝衣服，主人倘若要弄，她会极力劝阻，说吃面条或鸡蛋会作恶心，没办法，这个毛病实在改不了。

主人便很为难，因为农村除了这，实在拿不出其他的东西，推推搡搡之下，往往就算了。人们都觉得六婶应该是城里人，有城里人的样子。

只有我知道，六婶其实极爱吃面条和鸡蛋。有好几次，我去找堂弟玩，看到六婶像农村人一样，捧着大蓝边碗，呼哧呼哧吸着面条，白净的面庞上泛着红光。

那个时候，我是极高兴六婶到我家去的，因为她去了，我就会有新衣服穿。往往她在那儿踩踏板，我就远远地看着。她一会儿伏下身子，手紧紧地压住布料，眼睛一眨不眨，盯着那针脚细密地延伸，又平整又匀称，宽窄适中。有时抬起身子，瞄一下外面，揉揉眼睛，绾几下线头，而她的脚一扬一抑并不停止，那踏板犹如蝴蝶振翅。

我经常趁她不注意，捡起掉在地上的碎粉笔，在大门或墙上画一些夸张的图案或者某某的名字。六婶看到了，微微一笑，轻声说，这是你写的，很不错呀。然后丢给我一大截粉笔，我拿着粉笔不知道道谢，飞跑着向伙伴炫耀去了。

逢上这样的日子，放学时，我会拉着堂弟大声说，走，去我家吃饭去，你妈妈在我家给我做新衣服呢。我的声音很响，吸引着无数的目光。

六婶量尺寸很准，做的衣服有型有样，谁穿谁合身。她从不浪费别人的布料，那些不得不裁下的边角料，她会不厌其烦地拼缝成书包或布袋，又好看又实用。而这用的工时往往比做衣服还多，她却一分钱不要。

六婶是裁缝，她自己的衣服穿得很有气度，她偶尔抹些香脂，淡雅清幽，乡亲们都说她应该是城里人，却没有城里人的妖气。

那些年，很多姑娘嫂子学她的样，经常往脸上涂些什么，总是不得要领。往往在家里受到男人的揶揄，你看看你，弄的么名堂，花了冤枉钱不说，还弄得像个鬼似的。

女人便会嘴一撇，我晓得，我比不上××，我这不是慢慢学嘛。

六婶家的日子过得很好，她一年到头凭着手艺挣着一些钱，关键是六叔是国家的人，是父辈中唯一的大学生，在武汉工作。

有的人很富，他就是不会施舍别人，任一些东西糜烂，别人也无话可说，因为那是他自家的东西。

有的人只要自己过得下去，就会时刻惦记那些过不下去的人，尽自己最大的力量去帮助别人，不求回报。

六婶就是这样的人，一些没破的衣服，一些种的菜，她情愿自己省，也会匀些别人，或者哪家出点紧急事，缺了人手，人们总会看到六婶单薄的身影。

六婶虽说一直生活在农村，但她没有种庄稼，很少在田间地头跑，倘若你看到了，她也是奔忙在别人家。人们知道，她迟早是城里人，她在哪一家干活，别人诚惶诚恐，受宠若惊，总怕伤了她的身体。她却大模大样，虽说有时不太在行，但一直很舍得下力气，像在自家一样。

当别人夸她时，我会竖着耳朵听，在最后，总是响亮地说，那是我六婶。

别人有时摸我的头，有时拍我的屁股，哈哈笑起来，哎哟，你若不说，我们还真忘了呢，还老以为她是二子的六婶呢。

二子在旁边头一昂，我使劲瞪他一眼，他的脸红了，我的脸也红了。

六婶终归成了城里人。在我小学五年级时，六婶一家全部转到武汉了。那一天，六婶到每家坐了一会，将一些衣服分给大家，以及一些桌椅板凳，还说哪哪儿的菜园有些什么菜，哪哪儿的土壤蓬松，会有好收成。

父亲给了她一些花生油，让她带下去，她百般推阻，她知道每一滴油里浸透着多少农人的血汗。父亲火了，絮絮叨叨说了一大顿，六婶眼圈红红地收下。

我一直远远地看着，不敢靠近。六婶将我拉到面前，给了我一盒粉笔，让我好好学习，争取以后到武汉读书。我的心跳得厉害，头一直低着，感觉到武汉离我好近。

六婶走了。武汉曾经离我很近，我想踩着书本一步踏入，却最终跌进深渊。武汉曾经离我很远，我在那儿当搬运，扎钢筋，却只像一条鱼浮在水面，始终不能融入到里面。

我不敢找六婶，无脸找六婶。我的粉笔字写得很飘逸，却无法让她看见。

后来，我离武汉更远了，去广东，去上海。每次路过武汉，我便将头倚在窗边，睁大着眼，我知道，我想起了什么事，我真想看到什么人。然而列车总是呼啸而过，除了灰蒙蒙的天，什么都看不见。

六婶应该六十多岁了，在城里过得好吗？

有你们的爱，我始终精彩

在外许多年，以我的禀性，从来是报喜不报忧，即使遭受再大的苦，再大的难，我都一个人忍着，大不了多咬咬牙，实在不行，就偷偷对着暗处呻吟几声，吐出一两口变形的气息。

说了又怎么样呢，只能让那些爱我的人徒增伤心，多一分憔悴。再多的安慰，再多的牵挂，于我的伤痛并无多大的益处，相反会让我生出愧疚，我又无端地连累了他们。

我一向认为，跌倒了我定能爬起来，即使不是一天，也不会是一年，即使超过了一年，也不会是两年。老天要给的苦，要给的难，总会在某个时候降临，只不过它太任性，从不肯向我透露半分。难免我会猝不及防，仓皇无助，但我绝不会一蹶不振，更不会哭着喊着抓住亲人的手寻死觅活。

人这一生，从小时候看来，很漫长，我会慢慢长出喉结，生出胡须，求得爱人，拥有孩子，头发一根根白去，待到七老八十时，还会拄着一根棍子，喘息着从村头走到村尾，踩过一秋又一春。

人这一生，站在中年看来，似乎一刹那，童稚飞了，块头大了，孩子高了，手脚不灵便了，一晃眼，黄土埋半截了，再晃眼，坟头长草了。

但不管这一生是漫长还是短暂，没有谁会一帆风顺，青云直上。我们祈求，期盼及祝福，无非是想将伤害降到最低程度，但老天并不一直以慈悲为怀的，它的眼睛时不时被雾霾、谎言、名利所蒙蔽。遭遇苦难，我们躲无可躲时，便只能挺直胸膛坚强面对。

胸膛无法挺直时，且将腿站直，腿站不直时，且用手发力，手发不了力时，且将脑袋拧起，脑袋拧不起时，且将目光聚拢，目光无法企及时，意志应当雄起。

没什么大不了，越不在意，痛苦越会夹起尾巴逃逸。没什么过不去，一个人能扛，我绝不会让更多的人为我着急。

只是这一次，我的疏忽让家里瞧出了端倪。接电话时，老婆听出了病人的哭喊，护士的叮咛，一再追问，才知道我受伤待在医院里。

问伤重不重，我的回答不假思索，一点小伤，问需不需要来看看，我斩钉截铁，不用，自己能行，问好些没有，我的问答永远是好些，问什么时候出院，我的回答很轻松，今天明天后天，不管哪一天，总是快了快了。

其实，我的手不能动，还是右手，很多事不方便做，手很痛很肿，整夜睡不着。但我可以熬，一秒一分地熬，一点一点将不便熬成可以，一丝一丝将剧痛熬成微痛，将微痛挤得立不住身。

我可以左手吃饭、系裤带、洗脸、刷牙，日子熬走了，亲人的担心熬没了，我也慢慢真的好了。

女儿依旧在那边天真地问，我是不是太淘气，四处瞎逛，不小心受的伤。我连连回答，是是是，爸爸不服老，净乱调皮，以后一定会注意，平平安安回到家里，陪着她。

老婆在一旁笑了，我也笑了，女儿也笑了，我们很快乐。

女儿让我吃些好的，我说天天吃好的呢，又鲜又红的苹果，光溜的油桃，嫩黄的香蕉，醇香的牛奶，多得很。

你要不要，我带些回来。

女儿一吐舌头，嗯，不不不，我只要你快些回来，莫让我们担心。

是呢，你们莫担心，你们的快乐就是我的快乐，你们倘若担心，我倒更会揪心。

老天奈何不了我，站在中年的坎上，我望望前路，瞧瞧远方，一切都没什么。过去的苦早已无从寻见踪迹，未来总会来，不管是否还有苦海，我都会勇敢地朝前迈。

我像一个少年，对未来生出无限的期待，看不见人生的边界，因为身前身后，全是你们的爱。

那一抹温暖的夕阳

我回家这两天，岳父一直闷闷不乐，好像有什么心事。我问老婆，她用手将额头搓了老半天，然后，迎着我期待的目光摇了摇头，没谁招他惹他，应该没什么事让他烦心呀。

奇了怪，这可与往常不大相同呀，原来他进进出出走路带风，说话直来直去梆梆响，现在一下子这么低调，声轻步碎时时像走在夜里，我无法明白。

老婆灵光一闪，想起什么了，凑到我耳边说，他想做他的“屋”了。什么屋，这不是有屋吗，没他住的吗，难道还想另起炉灶，分开单过，陷我于不孝不义之恶名，这可冤了我呢。

想我黄某，在方圆无论以米计还是里计起码两位数内，还是颇有些令人自得的口碑。怎么他一下子起了心要盖房子，他兜里揣了几张不安分的票子，撑得慌。也不会呀，这几年，农村房子都盖得差不多了，他有手艺也无处使，根本没出过什么工，哪来那么些蹦跳的票子。

老婆看我一副痴呆的样子，戳了一下我的额头，想什么呢，那“屋”

不是“屋”，是他的“货”呀。哦，我恍然大悟，还是这个玩意。我们这儿将老人的棺材称作老人的“货”，是他独自所有的东西。

老婆说，年前，李二奶的儿子给她买了上好的杉木，请来木匠，给她置货。那边整天叮叮当当，噼里啪啦，电锯，斧头，榔头，响得不亦乐乎。村里上了年纪的老人吃了饭就往李二奶家跑，看着那厚实的木料逐渐变成一具漂亮的棺椁，指指点点，羡慕得不得了。

岳父也夹在人群中，跟着人家东一句西一句地聊。以后睡这样的屋子踏实，又结实又透气。唉，李二奶有福呀，这么好的货办成了，死也舒心呀。我也让儿子赶紧去买木料，在我闭眼之前，给我搁那儿。是呢，是呢，要先办起来，说不定哪天脚一蹬就去了，再去仓促买，看起来花里胡哨，其实就是豆腐渣。

张大爷，李三爷，二婶子，这些看起来至少还可活十年的老头老太谈到置货，就心急火燎，好像明天就会死，后天后生家就用草席将他们一卷，丢进哪个山沟沟，遭水泡鸟啄兽咬了。

他们一致的看法就是买好的木料，由自己监工，在自己的眼皮底下给自己在另一个世界盖好房子，不受冻不四处飘荡，继续享受幸福，包括岳父。

这也可以看出后生孝不孝顺，以后动不了时，后生会不会好好照拂。

说实话，买的棺材确实是驴粪蛋，金玉其外，败絮其中。去年，连续阴雨，五爷家的老屋泡倒了，结果一下子砸坏了他前年买的一副棺材。谁都没想到，那么漂亮大气的棺材，里面全是用薄木头拼装而成，裹着大量的石膏，根本不堪一击。

村里的老人心里都点了一个点，绝不能用买来的棺材，这样睡下去，又冰冷又单薄，不抗压，不防水，在那边的日子怎么过。

好多人就张罗着物色好木料了，听老婆说，岳父跟别人说了几次，也想买些杉木，抽个空闲，将他的“屋”做起来。

岳父才六十多岁，身材高大，老婆认为他身体很好，还可以活很久，根本不急，也就没跟我说。

岳父一定以为我们不肯买木料给他办货，因为那样又费精力又多花钱，要托人买木料，要请木匠，要招待生活，远远不如买现成的省事。

原来是这样，怪不得岳父看我的眼神有些飘了。这还不容易，我马上拿起手机，给姐夫打起了电话。姐夫住在山里，原来一直贩木材，弄点上好的杉木，还不是小菜一碟。

电话通了，我说明来意，姐夫说树好找，只不过现在开春了，水气重，树容易生虫，最好到冬季进了九再弄。那就等到下半年吧，说心里话，我想一直等下去呢，岳父还不老呀。

岳父一生勤勤恳恳，不肯休息一刻。他是老庄稼把式，各种农活做得又快又好，家里的粮食、蔬菜全靠他，可以说，温饱问题是他解决的。他还是个石匠，闲时给人家下屋地基，做水塘岸，卖了不少的工，所得的工钱用来贴补家用。现在卖工少了，但他一直上山砍柴，总怕冻着他的孙儿孙女。

他很爱我的两个孩子，儿子女儿有空就黏着他，对他比对我亲多了，有时会引起我无边的醋意。

有他在，家里完全不用我操心，只管一心一意在外打工。

说实话，我真的不想现在给他置货，太早了些，但以后我肯定会给他做实木的，不会买那种现成的。

不知怎么的，挂了电话，我的心里有些堵，眼睛也湿了，我默默地走到后院，准备舒一口气。

我将门一推开，岳父抱着一捆柴火吓了一跳，见到我，他黝黑的脸红了些，不自然地挤出一丝笑来。

很显然，刚才的电话他在门那边都偷听到了。我觉得不好意思，现在就谈论办他的棺材，是不是有点咒他呢，是不是显得我不孝呢。

岳父很快镇定下来，大声对我说，我去将炉子生起火来，将那两只猪脚炖上，两个小家伙可爱吃呢。你回来也没吃什么好的，到时你也吃些。

说罢，匆匆走了出去，大步流星，铿锵有力。

我独自坐在院子的葡萄架下，望着那一小格一小格的蓝天，出起神来。一缕缕太阳光透过来，反射在墙上，很明亮，虽然是夕阳，但我依旧感觉到无限的温暖。

一会儿，老婆兴奋地跑过来，问我与岳父说了什么，他怎么那么高兴。

我没说什么呀。我悄悄走到大门后，门缝那边，岳父正在边扇炉火边与几个老人大声说笑。

我 ×× 说了，进了九就去西边他姐夫那儿弄杉木，什么，要弄现在弄，你老糊涂了吧，现在打春了，树生虫呢，你想以后跟虫子睡一块儿啊。那可是好杉木，嗯，这么大，这么大，几丈长呢，让你们眼馋死。

等我的货置办好了，我也好安安心心过日子呢。什么，一办好了我就去睡，不，不，我现在可不想睡，我还没活够。我起码还活十五年，还帮衬一下他们，等孙儿孙女都长大了，再爽爽快快地走。

你们知道不，货办好了的人，一般都不容易死，你们也赶紧办起来，争取多活几年。

岳父一边比比画画，一边鼓起腮帮子吹火，火炉上的瓦罐咕咕啦啦，往外冒着气。我已闻到了肉香，心也一下子开阔起来，门缝外的世界清清朗朗，阳光依然在普照，不肯坠下去。

这一场好雨

男人们都走了，村里一下子空寂下来，如同太阳下了山，天空不再鲜艳。

不光是男人，能出去的女人也尽量挤着出去，大家都想从土地上逃离，即使土地上结出再丰硕的果，可也不如外面干一天来一天钱实惠。

再者，男人走了，女人难熬呀。无论是老人小孩，田里地里，白天还是黑夜，精神还是身体，各种琐碎，各种负累似一根粗粝的绳子越勒越紧，女人柔软的喉管几乎喘不过气来。

大梅一气割倒一大片油菜，直起了身，捶了捶胀痛的腰部，望了望晃晃的天。太阳不懂人心，不仅不减弱，反而张牙舞爪着像要扑下来。一点树荫都没有，即使有，她也不敢歇一下，她怕一坐下去，屁股就被土地粘住了，再也不想起身。

那一眼望不到头的油菜，不会无缘无故地倒下去，今天是她割，明天是她割，就是拖到后天，也还是她割。而老天却并没给她多少时间，电视里漂亮的播音员一而再，再而三地说这里明天就会有雨。不趁雨前割完，等到天晴，太阳一晒，这油菜荚就火气大了，一碰就炸，损失就不小了。

往四野一瞧，到处都是些红的绿的女人，总说妇女半边天，现在的妇女，在农村，可是整个天啊。男人都像野马一样，飘在远方的田野，根本顾不上家里的田，家里的地，那些茁壮的禾苗，那些寂寞的女人，那些冰冷的床。

大梅无暇理会脸上的汗，以及那一道道鲜红的划痕，还有那汗水浸过后的痛，她没那么娇贵。她只能像马虾样弓着身子，一弹一弹地向前突出。一人高的油菜咔嚓着纷纷倒地，摆开，她的身后逐渐开阔起来，背上也似乎透进去一丝凉风，像男人的手在抚摸。

要是男人在家里，她可一点不着急。男人的手像扫把，一出手准倒一大片，男人的脚像磐石，落一脚便陷一个大坑。男人人高马大，干活麻利，特别有力气，想到这儿，大梅的脸红了。男人在家的时候，不少的嫂子盯着男人的背影，在大梅的耳朵边嘀咕，你男人有劲吧，很会来事吧，别白天累晚上也累哈，悠着点，快活的日子长着呢。那些嫂子说完，掐一下大梅嫩得出水的脸，哟嗬着大笑起来。

大梅真是个有福气的人呀。

有福气个鬼，男人跟他娘老子一个德行。前两天，大梅与公公婆婆商量，趁着天气好，是不是让男人回来，赶紧将油菜收进来。两公婆也算做了几十年夫妻，同声同气一个调调，××现在正有事做，就让他安心地做吧，挣一个是一个，在外面一天要抵家里好多天呢。

我们在家里吃点苦，捱过这一段就好了。

哼，说得好听，我们吃苦，还不是我一个人吃苦。两老人还没干一点活，喘气就像拉风箱，下地是不作指望了，到时倒在田地里，还真是抓石头打天。能接接孩子，将一日三餐饭弄熟就算不错了，不想那么多，这么一把年纪，没卧在床上或在医院待着就算烧了高香。

可气的是男人，电话刚打通，还没说什么，他就在那边絮絮叨叨什么来的盘缠去的路费，上有老下有小，确实没办法，家里让她多担待些。

她其实也并不是想他真回来，那么远的路程为这一点庄稼，来去的花销和损失的工钱可以买一大畈的油菜。她咬咬牙挺一挺，也很快就会割完，她以前可没少做呢。

她只是想他安慰一下自己，说些体己的话儿，让她知道，她想他，他也想她。毕竟她们都还年轻，还有着太多的精力。

她有些恨他，一出去，就让外面的风雨和阳光催老了自己的思绪，冷硬了心肠，让那些体力活迟钝了他敏锐而细腻的感情。在家的时候，那么高大的一个男人，像女儿一般温柔，那眼神，那话语，那动作，总是恰到好处，撩得她心酥麻麻，让她欲罢不能。

大梅有些恍惚，周身忽然舒坦起来，像男人在后面抱着她，耳边的热风分明是男人在喘息，她的身子软了。

她以为在做梦，试着挥起镰刀，手却被一只大手抓住了，她完全被人拽住了，拖到一处树荫下面。

男人笑嘻嘻地望着她，像见着自己的猎物。他递给她一瓶水，拿过她手里的镰刀。她想站起来，男人按住她的肩膀，在她耳旁说，好好歇歇，养养精神。声音轻柔，会勾人魂魄，她完全醉了。男人早已到她刚才蹲着的地方，飞快地收割起来。

男人像长臂猿一样，姿态优美，动作迅速，轻松自如，一抱抱油菜一碰到他就自觉地倒下，好像怕了他似的。

大梅看得呆了，喝进嘴的水一下子甜到心里。

大梅跑到路上，准备回家再拿一把镰刀和男人一起割。早有眼尖的嫂子看到了，大声调笑着，大梅，割完了呀，怎么这么快，是不是有野男人帮忙呀。哎，大梅，现在就回去洗呀，还早呢，不急着睡呀。

大梅边跑边笑，还使劲啐了一口。

两个人干活真是快，都没觉得累，活就完了。她们谁都没提什么工钱路费，公公婆婆也没多说什么，晚上还满心喜悦炖了一大罐排骨汤。

孩子高兴，大梅高兴，男人高兴，一家人都高兴，都吃饱了，精神特别好。

那播音员又在说明天要下雨，大梅去关卧室窗户时，外面已经噼里啪啦地下起了雨。大梅惊喜地叫了一声，慌忙扑进被窝，早已被男人一把接住。

灯熄了，外面的雨越下越大，滋润着大地，一切都开始潮湿了，温暖而多情，外面，里面，农田，心田。

村子里不再空寂，有各种生命的呢喃，一声比一声动听。

会哄人的人

听村里人讲，国强家一直很穷。说远了你可能不信，他父亲，他爷爷，他太爷爷辈，哪一个都是穷得叮当响，这可是村人亲眼得见的。

到国强的少年时代，家底薄得透光亮。虽说吃了上顿有下顿，可那下一顿不是红薯就是南瓜，连稀饭都少见。国强身上的衣服总是长不赢手和脚，稀稀拉拉短一截。这儿一个补丁那儿一个窟窿，破破烂烂，不成模样。

俗言说得好，佛靠金装，人靠衣装。国强没有好衣服，半饥不饱的肚儿敞在外面，鼻涕像挂面一般缩进缩出，实在不行，就用袖笼一揩。一套衣服穿上十天半个月不足为怪，他总是邋里邋遢，与别人格格不入。

他与我同年，少年心思明亮，想爱就爱想恨就恨，该亲就亲该嫌就嫌，大家都很讨厌他，包括我。

并不仅仅因为他家穷，那个时代，我们也好不到哪儿去，没有谁比谁更体面。关键是国强闲话多，像个话痨，整天啰里啰唆，没个正题。

他一直像个女人一样，絮絮叨叨，嘴巴从不觉得累，也不感到渴。

但他人很热心，帮东家大娘搭把手，替西家嫂子甩把力，虽然是一些鸡毛蒜皮的小事，他倒从不吝啬，即使当时没做到，也一直挂念在心，话说得熨帖。

那些妇人不觉得他烦，喜欢有一搭没一搭地闲聊。我们却都是开门见山地不喜欢他，甚至鄙视了。

成天灰头土脸，脏不拉叽，嘴上又没个把门的，脑袋不知在想啥的穷酸娃，空有一颗讨好女人的热情心，咱们男子汉谁跟他玩呢。

以他家的经济状况以及他那一副灌满糨糊的脑壳，能将小学混完已算老天施了大恩。

我们高高兴兴地跨进初中的门，国强回家种地了，没什么抱怨的，这本就是他的命。

就是将地犁得再深，土耙得再细，种撒得再多，吃再久的苦，一年到头也就那么点收成，能有什么出息。经常看到国强从畈地黑汗长流地回来，瘦弱的身子被烈日快烤干了，而他拦住我们想打探丰富的初中生活时，没有谁愿意理他，像有人暗地指挥一样，轰然而散。

国强怔立在阳光里喃喃自语，像一棵早已枯萎的小松树，苍黑扭曲。我们对他更不屑了。

国强的聪明孔忽然在某一天就打开了，他东挪西借买了一辆自行车，叮叮当当走村串巷收起了鸡蛋。我们自然捂嘴窃笑，鸡蛋好收，账他算得利索吗?

要说，国强还真是有眼光，贩卖鸡蛋比土里刨食强多了，而且还像有神灵护佑，他算账从没出错，没有一个人找他扯皮，埋怨他不公。

甚至，他收的鸡蛋没有一个坏蛋，哪怕再陡再窄的山路，即使是夜里，他从未跌碎过一只蛋。

人们都说，这是他的先人穷怕了，在阎王那儿哭泣撒泼求情，现在让他富一些吧。

自从他收鸡蛋后，别的贩子收得越来越少，有的干脆收不到，而国强总是满载而归。

原来，国强的嘴又占了优势，每到一家，他总与人家婆婆嫂子聊得火热，话说得体贴温馨。他不怕吃亏，顺手给妇人做些力所能及的事，一肚子的热心肠。很多人家便只将鸡蛋卖给他，或者攒着叫人带口信让他来收。

那几年，国强虽然因无心得罪一些人，但他也赚了祖上几代人没见过的钱。

后来，农村人慢慢出去打工，鸡越养越少，很多鸡埘都空了，国强也随大流，背起行囊出了远门。

我们也一样，有的读完初中，有的读完高中，便像蒲公英的种子，各自散落在天涯。

这一次，不知是老天眷顾，还是他确实时来运转，国强的榆木脑瓜又闪出了智慧的火花。

他用收鸡蛋赚来的钱一下子租了几套别墅转租出去，做起了二房东。要知道，这还是九十年代，这还是内地城市，从农村出来的打工仔，有很多比他有钱，但没有人比他有胆，有眼光。

他的房子附近有很多建筑工地，小酒馆，很多打工者需要房子。他一挂出招租牌，很快就被抢光。

从此以后，他的打工之路一帆风顺，他当起了老板，且越做越大，腰身越来越阔。

当我们在工地上满身泥泞，邋里邋遢像个叫花子时，他跷着腿呷着茶气定神闲地小憩。当我们像做错事的孩子被人吼来吼去时，他正慢慢踱步到处查看水费电费。当我们一次又一次慨叹“钱难赚，屎难吃”时，他正哗啦啦数着票子手指都伸不直。

当我们一年到头两手空空无颜回家时，他锦衣华服荣归故里风光无限。

我们离他越来越远，只能昂头仰视其背影了。

后来有了手机，天南海北的发小又慢慢联系起来。第一个给我打电话的就是国强，言语还是有些啰唆，但我却感到无比的亲切。

联系是越来越紧密了，但我们已不是小孩，已不像原来那么单纯。很多朋友没说上三句便脸红脖子粗，嗓门大得要命，有的已经相忘于江湖，老死不相往来了。

国强却没跟我们谁红过脸，每次通话，他都会絮絮叨叨讲些过去的事，兴致高涨。我经常一脸懵懂，因为很多事我一点印象都没有。其实，小时候与国强的交集确实很少，我们经常抱成团将其排斥在外。

每年回去，国强总会去我家里坐坐，殷勤地递烟，口口声声叫 ××哥。我们那儿，又叫名字又叫哥会显得特别亲热，虽然我只比他早生三天。

今年，我们都回去了，又欢聚了一场。有些人不愿意去，但经不住国强的盛情邀请。在这里偷偷说一下，国强会哄女人，当年，我们还心急火燎地四处撒网，焦头烂额时，他就娶得了一个如花似玉的妞，而且还是城市的。如今虽然已是半老徐娘，但依然嫩得流波溢彩，软糯黏乎。大家心里都像有猫爪子挠，正巴不得看一看呢。

那一夜，我们举起了酒杯。我们贪婪地欣赏美色，我们像个女人一样，将国强围在中心，不厌其烦地说着闲话，云里雾里，没个正题。

那一夜，我们都知道，国强给村里很多贫弱的老妇人、嫂子发了一笔不小的钱。很多人的过年货都是用他的钱买的，他还像当年一样讨女人喜欢。

他没有当着他们的儿子、媳妇儿的面，因为他们曾经嫌弃过他，讨厌过他，鄙视过他。

虽然现在他们并不，也想像妇人一样绕着他，但他们毕竟是男人，又希望头一直举在别人眼前。

我们看得出，国强会哄女人，也会哄男人。

第五辑　那些故里怀与盼

驼　子

富不过三代，穷不过三代。农村这句俗话在改革开放三十年来，体现得特别明显。别处我不知道，只是我们村，就出现了许多这样的例子。

曾经的万元户，权势熏天的大队干部，到了儿孙辈，如今在村里低着头走，夹着尾巴做人。而曾经揭不开锅，穷得屁股撞凳子响的贫下中农的后人，很多腰缠万贯，车进车出，撒泡尿都满溢着金黄色。

驼子就是后者，他是我的发小，曾经穷得喘气都哑着喉咙。

在我记事时，我就知道他家穷，因为我也穷，穷人喜欢与穷人玩，玩得穷开心。

我经常去他家玩。在他家那破旧乌黑的土屋里捉迷藏，躲猫猫，吃他家大锅烧的萝卜饭，坐在石头叠的板凳上看他瞎子爷爷编草鞋。我们提着一串串草鞋，像提着一串串死鱼，在各个村子吆喝着，希望能换些钱让家里的饭菜可口些。

我印象特别深的是，驼子经常穿着袖子窄小，裤脚快到膝盖的满是补丁的衣服，背着一个灰色的破书包，里面装着长长短短的几截铅笔，爬在我家院墙边，露出一个毛蓬蓬的小脑壳，尖声喊着，小亚，小亚，上学啰。

不论寒暑，他总是那身衣服。他个子蹿得很快，像根葱般，努力想要撑破，可破了没多久，便又被一个补丁盖住，将他绑得更紧。

他扒了我家院墙三年。以后每次扒时，总是等到星期六或星期天，依旧尖声喊着，小亚，小亚，去放牛啰。

他家没钱让他再读书，他要像大人一样干农活。他更瘦了，手腕伸得更长，脚踝露得更多，窄窄的肩上磨出了厚厚的痂。

偶有闲暇，与我在一起，他变得沉默了，时不时拿出我四年级的书装模作样地看，但总是一页看上老半天，眼睛在字里，心却不知在哪儿。

最后，总会重重地合上书，轻轻叹一口气，讲起他最近锄了多少地，砍了多少柴，送了多少粪。

说着说着，呵呵笑了。

当一个农民也挺有趣的，我用上了心了，就像你在学校用心一样呢。

我便用手掐了掐他瘦小的腰板，叫他悠着点，别伤了身体，以后日子会好的。

就这样，驼子一日一日地长，拼着力量。他个子虽高，但毕竟稚嫩，在重压之下，腰有些弯了。不知谁眼尖，看出来了，便叫他驼子，于是，满垸人都叫他驼子。

叫驼子也好，不叫驼子也好，他的生活依然穷苦，他依旧被生活磨得像虾米一样。但他也慢慢有了一些坚硬的壳，与残酷的尘世有了一些争斗的决心。

只是在我面前，我们才露出彼此的柔软，用触须轻拂着对方，在泥泞中相伴前行。

我仰仗着父母拼尽全力的付出，从小学到初中到高中，最后将他们熬得油干亮熄，我也就此止步。

穷人的孩子早当家，驼子早成了家里的主劳力，肩挑背扛，犁田耙地，样样不差。

随着打工潮兴起，我们也糊里糊涂地滚进去。

驼子长得结实，又有力气，在建筑工地混得风生水起，尤其是扎钢筋，就像在家里割几亩麦子，整几亩田一样容易。

我却像个小孩，空有一副骨架，却拎不起生活的压力，跌跌撞撞，混得没脸没皮，非常压抑。

不得已，我钻进一家技术学校，想学学技术改变自己。

那一段时间，驼子知道我很窘迫，每日的生活都数着饭粒吃，便让我每个礼拜去找他玩，然后他顺理成章将我的生活包了。

于是，经常在工地食堂空旷的地方，一个头戴安全帽，满身锈迹斑斑的小伙弓着腰盘腿坐在地上，对面一个书生模样的瘦弱小伙蹲着。两人面前放着一瓷钵回锅肉、大白菜、土豆丝混装的缺油少盐的菜，一人手里端着一瓶啤酒，旁若无人地灌着，兴高采烈地交谈着，或者你踹一下我，我推一下你，脸红得像胡萝卜。

不用说，又是我在那儿蹭饭。

我学得了一些技术，便去了南方，后来，又到了东方，驼子一直在武汉，依旧在工地上大展身手。

我东颠西跑，没个名堂，驼子专守一地，竟大有作为。

他先是带班，慢慢成了老板，身家已几百万了。

他完全是个农民，出外也是地地道道的农民工，如今，总算出人头地。

他在村里盖了小洋楼，与别人说话也开始粗声大气。

经常地，双手叉腰，头歪着，嘴巴朝前努，眼睛分明瞧着别处，话音却落在别人心底，颇有些严厉。

他的腰还是弯着，别人还是叫他驼子，他依旧笑眯眯。

他穿着牌子衣服，随着车子进进出出。他再也不扒我家院子，经过门口时，鸣几声汽笛。

我们每年都要聚一聚，各人自开一瓶啤酒，呼啦啦见底。他红着双眼说还想看看我的课文书，也许早就一个字都不识。我大着舌头说想像他一样有钱，哪怕一个字不识。

说着说着，我们对望着，傻笑不已。

他还会拿出一双草鞋，在脚底比试。那草已变成灰黑色，像风化了一般，每次试时，草便窸窸窣窣，脆得要断掉。

桑　树

小时候的东西，感觉一切好像来得更猛烈一些。

比如冰，一个晚上池塘里可以结出几寸厚，我们可以在上面颤颤巍巍地走，甚至可以骑着车子跑。比如下雪，经过一晚上的纷纷扬扬，第二天早上，往往大门都打不开，几十公分的雪已经完全将它堵死。

还有夏天的洪水，经过几天几夜不停歇的降落后，门口畈方圆几里一片汪洋，再也分辨不出哪儿是庄稼地，哪儿是道路，哪儿是沟，哪儿是坎。

记忆中的小时候，每年夏天，总会发大洪水，举水河暴涨，漫过河堤，倒罐进村庄。

那些河堤上的桑树，有的就完全没影儿了，有的只露出一两根枝条，随着河水左摇右晃，好像等着人去救援。

想起来了，河堤上原来一直长着一排排的桑树，像列队的卫兵，整整齐齐。它们保护着河堤，防止被洪水冲断。它们也保护着我们的家园，保护着我们的乡亲。可以拖延洪水淹没村庄的时间，让人们从容地撤离。

那两三里路的桑树河堤，平时就成了我们的乐园。

经过一个冬天的酣眠，在春风的吹拂下，桑树的枝条会用尽力量鼓起一个一个的小绿苞，一天一天地长大，慢慢地裂开，嫩绿的叶子睁开眼。它们像婴儿一般，一天一个样，尽情地舒展。

我们会从养蚕室那儿讨要一个蚕宝宝，放在火柴盒里。每到放学，我们会跑到桑树林里，摘下那最嫩的叶子，看着小蚕在上面爬着，然后挑某个地方下口，咬出一个缺口。蚕宝宝就顺着那个缺口，慢慢往两边延伸，向前方推进。那沙沙声就像窗外淅淅沥沥的雨，让我们柔软又安静。

蚕儿越长越大，又白又胖，它的食量也增加了。我们不厌其烦地往河堤跑，每次都挑那最嫩最鲜的桑叶，好像给我们自己挑食物一样，仔细又认真。

我们的快乐也沿路洒落一地。

天气慢慢热起来了，桑树上开出青色的花，挂出青色的果。我们的眼神开始变得热切起来，巴不得那些果儿一下子长大。

那是桑葚，直到现在一提起来我就要流口水的果实。

在阳光到抚摸下，桑葚开始慢慢大了，身上开始慢慢变红。我们便在河滩上约法三章，赤着足对着桑林发誓，桑葚没熟谁也不能偷吃。否则他考试得零鸡蛋，回家挨大人打。

人在树下走，哪能不吃果。总有些小伙伴经不住桑葚的诱惑，偷偷地摘下那尚未完全红透的果实，哪怕酸得牙齿打战，脸扭曲得变了形，也吃得津津有味。

当然，他的考试没有得零鸡蛋，也没有挨大人的打，但却逃不过我们的惩罚。我们会将他按倒在河沙里，捆住他的两只裤脚，灌上沉重的沙子，让他在河滩里不停地跑，一直到满头大汗，不停地讨饶。

经过一段时间苦苦的煎熬，桑葚终于红透了，紫了黑了。我们便攀上树枝，像孙悟空一样，在上面仰躺着，一边悠荡着，一边摘下桑葚往嘴里忙不迭地塞。

要不了多久，我们的手就变得乌黑，上下嘴唇嘴边舌根，像被染料染过一样，乌漆墨黑，透着一丝隐隐的红。连吐出的痰，都要很久才恢复正常。

有小女孩会用桑葚汁涂指甲盖，或者抹在两腮上做胭脂，扮新娘。

我会摘下一些桑葚，放进口袋里带回家给母亲吃。可往往到了家里，再掏出来一看，桑葚早已破的破裂的裂挤作一团，口袋已被染成深红色，洗不出原来的样。

母亲倒也不怒，只嘱咐我在树上要小心，不要挂破了哪里或者摔下来。

天气完全燥热起来时，桑树上会有很多知了。我们就将牛散放在河滩上，拿上一根细竹竿绑上牛毛丝，屏声静气地捕蝉。于是，某棵树上会忽然吱啦一下，紧跟着就是蝉急切拍打翅膀的声音，那是蝉已经成为我们的猎物。

有农人会在劳动的间隙，为躲避毒辣的日头，来到桑树底下歇荫。他们一边用草帽扇着火红的脸，一边仰头喝下一口茶，再絮絮叨叨地谈论一些今年的收成，等太阳蔫了一点，再又下地接着干。

每年的夏天，河里都会发洪水。倘若没有漫过河堤，不是很大时，我们会光着身子爬上桑树，然后纵身一跃，钻入奔腾的河水。我们可以在水下一直憋着气，漂出几丈远，再像野鸭子一样，忽然就冒出黑黑的脑壳。

秋风渐起，天慢慢地凉了，树叶开始变黄。风儿一阵紧似一阵，叶子打着旋儿开始坠落。虽然不舍，可这就是大自然的模样。

我们爬上桑树，天空一下子开阔起来，蓝蓝的天和白白的云，好像伸手就可触摸。畈地的农人也看得格外清晰，他们在紧张而兴奋地收获这一年的希望。

冬天也厚着脸皮来了，四野空荡荡。一排排桑树光秃秃的，将枝条向天空无限地扩张。偶尔一阵寒风刮过，它们便手忙脚乱呜呜地响。它们有时一声不吭，向举水细细张望，好像怕举水在冬天也会张狂。

哪怕再冷，它们也坚守自己的阵地。甚至下雪，将它们的树干埋住几尺深，树枝上全部凝成冰凌子，它们也毫不退缩。它们的根依旧在地底下扩展，将河堤抓得更牢。

因为它们相信，只要春风吹进举水，它们定又会焕发青春的光彩。

春风一年一年地吹，河堤一年一年地绿，那些桑树一年一年地老去。

人们逐渐外出，村子里越来越空虚，河滩上再也没有看到放牛的少年。不论是初春，还是盛夏，还是繁秋，不论是播种，还是耕作或者收获，畈地上再也看不到农人的身影。

那些田地一片荒芜，郁郁葱葱的是无尽的野草。

那一排排的桑树，忽然有一天，像犯下了十恶不赦的大罪，被人连根拔起，消失不见。

河堤已经不需要它的保护了，庄稼也不需要它的保护了，农人大多早已搬到别的地方，也不需要它的保护了。

它已经毫无作用，到了该被人们忘记的时候。

只是，那个在异乡飘荡的少年，经过沧桑岁月的打磨，早已人到中年换了模样，可他的心思时时在过去流连。

他记得那一年一年的洪水，他记得那一次一次咬紧牙关，坚持挺住的桑树。他记得那桑树的叶子如何一片一片长大，他记得那桑葚如何一天一天成熟，他记得那种酸甜的滋味如何从舌尖渗透进灵魂里。

他记得那一年一年在桑树底下无比快乐的时光。

他无法回到从前，那些桑树再也长不回当初的模样。他只能在心里默默地念，默默地想，桑树，谢谢你们曾经出现在我的生命里，并伴着我成长。

那是一段千金难买的美妙时光。

今夜我要与你纠缠

在口袋里不停地摸索，口袋空了，我缩回了手，十个手指兀自散发一股清香。

最后一捧花生，塞进口袋里，最后一颗花生，被我拈出来，双手掰开，露出两颗饱满圆润的花生仁。它们披着晕红的果衣，静静地躺卧着，如玲珑的少女，等着被我临幸。

我将果壳覆倒，它们滴溜溜滚进我的掌中，紧紧挨在一起，又不动了，带着羞涩的浓情。我迫不及待，搓揉着它们，它们的睡衣如同鸟的羽毛，一片一片，纷纷坠落，静静地贴伏在掌心。

我低下头去，近一些，更近一些，呵出一口温热的气，那些碎片猛然扬起，而后，朝不同的方向散去，如同片片落红，将随着流水远逝，再也无法踏上归程，再也无法拼凑一段完整的回忆，再也无法走回故乡的那片土地。

花生仁挣扎了一会，完全裸露了，泛着象牙般的光泽，它们偷偷瞄着我，性感而多情。我的呼吸粗重了些，喉咙中有口水流动。我低下头去，它们迎合着挨紧我的唇，温润溜滑，香气氤氲。

我把持不住，终于张开了嘴，将你吮吸，将你咬碎，将你在舌尖细细把玩，让你完完全全地属于我。哪怕化成齑粉，哪怕仅像尘埃一粒，你完全在我的身体里。我不无留恋地将你吞咽下去，顺着喉咙，肠管，让你穿过我整个身体，让你体会我急迫的呼吸，让你感受我浑身的战栗，让你知道，爱你，不是一朝一夕。

咽掉最后一滴口水，抹掉嘴角残留的清气，我将手伸进口袋，四处摸索，口袋空了，你已完全消失了踪影。

过完年带出来的花生，经过仔细的算计，小心地安排，今天还是吃完了。

每次都这样，尽管回去两手空空，但出来的时候，总会有各色的方便袋紧紧扎住袋口，鼓鼓囊囊地被塞进我的包裹。它们随着我，带着故乡的深情，故乡的滋味，一处一处流浪，给我无尽的温存。它们让我在饥饿时惦记着，让我在疲累时精神着，让我在孤独时欣喜着。

其中之一，必有炒熟的花生。

花生是我们那儿主要的经济作物，可以卖钱，可以榨成食用油，可以当零食。

那儿的畈地，山地，整片整片都是绿油油的花生，在整个夏季，像地毯一般喜人。在放牛或者抓鱼时，我曾无数次潜进那绿色的海洋，使劲扯出几棵，便匆匆逃离。

或者躲到某处山丘下，或者藏进某处河湾，仰躺在地上，看天上朵朵白云，听耳旁阵阵凉风，我悠悠然摘下一颗花生，剥开尚不太坚硬的壳，抠出花生仁，一扬手，丢进嘴里。

新鲜的花生仁清香无比，嚼碎之后有乳白色的液体，像牛奶一般，经常溢出我的嘴角。

也有那尚未成熟的花生，滑溜溜的透亮，这可是好东西，我们称之为“亮泡儿”。摘下之后，用手搓掉泥土，整个丢进嘴里，咬破之后，清甜沁进骨子里。

待到九月初，花生成熟了，四处都是扯花生的人。此时天气尚热，有时又怕下雨，扯起来后，一般不当时摘，捆成一担担地挑回家。堂屋里码满了，院子也堆成山，这就不慌了，什么时候有时间什么时候摘。

经常在晚饭后，将院子里的灯点亮，放上几个竹篮，姑娘，嫂子，大爷边摘边聊天。东家长西家短，隔壁的小李是个骚大娘，路边的小张还没出阁就上了夫家的床，毫无顾忌，聊到哪儿算哪儿。

我们就在那花生堆里翻来翻去，捉迷藏，赶老鼠，驱鸡猪，顺便摘几个，塞进嘴里，咔嚓两声，噗地一声吐出壳，咯嘣咯嘣吞下花生仁。

我们那儿土地面积很大，有的人家可收几千斤。除一部分榨油外，还留一些晒干了炒着吃，绝大多数卖作钱。

往往开学时，有的学生当时学费没缴齐，老师问起时，便说，我爸说了，等花生卖了就补上。我们经常盼着卖花生，那样可以堂而皇之地上街，买玩具，买水果，运气好时，还可以添一身崭新的衣服。

逢上村里有电影或唱戏，必定会炒花生，晚上带到场上，那边在热闹地演，底下大着眼睛看，而我们的手和嘴却忙个不停，整个场院被花生的清香笼罩。

母亲是极会炒花生的，将锅里放入一升干净的河沙，添薪加火，将河沙炒热，再倒入晒干的花生，与河沙搅拌在一起。母亲上上下下，不慌不忙，一会儿满屋飘满了香味。有时我想插插手帮忙，母亲手一挥，去玩吧，可别跑远了，等会让你吃个饱。

我哪敢跑远呢，尽在堂屋厨房转悠，像丢了魂一般。

母亲炒的花生，壳上干干爽爽，毫不变色，果仁熟得正好，脆脆香香，让人胃口大开。

母亲早已逝去，我依然能吃到这样的花生。岳母像母亲一样能干，每每我离开家，她总要为我炒一锅。我总是叫她不要炒，免得麻烦，留着给孩子们吃，但我说过的话从不作数。

我知道，现在家里的花生少了，很多地都没有种，所有的花生（包括榨油的）收集起来，也才几百斤。

她们的年纪大了，也种不了地，我一年四季在外，也没有精力去侍弄土地。我叫她不要炒，倘若我想吃，外面买得到，各种味的都有。

岳母昂起头，望着我，那可不一样呢。她自顾自地生起了火，一会儿，随着哗啦啦的响声，那种浓郁的香味便钻进了鼻孔。

那可真不一样啊，它们都带着故乡的味呢，在外面哪里寻得着。

其实我的拒绝是没有力量的，倘若真的没炒，我会失悔好一阵。我已有无数次这样的经历，在家里，肉糕不吃，鱼面不吃，花生不吃，好像全都吃腻了。可一旦拖着行李上了火车，便立即想念起它们来，巴不得立马转回头，回去大吃三天。

也许的确是那种美味吸引着我，也许我是一个吃货，但更可能因为它们属于故乡，带着故乡的味道与思绪，那才是游子真正的念想。

带来的花生没了，那最后一颗的滋味长久地留在心田。装它的口袋，摸它的手指，挨过的唇，吻过的舌，咽过的喉，都长久地散发着清香之气，袅袅的香气中升腾起缕缕的思念。

游子今夜无眠，游子今夜与你纠缠，滚落一床的缱绻。

喝了我的酒，你跟我走

时光荏苒，一度一年，云开见日，雾来隐天，山高水长，秋散春倦。万千红尘，因缘际会，我们的朋友一天天增多，友谊天高地远。

有的一见如故，只恨相识不在三生之前。有的因某个机缘遭遇，试探之下，渐得真心，如小火慢熬，清香四溢，再不愿舍离。

同时，世易时移，年岁渐长，经历各有千秋，见解自生迥异。有的朋友已不再是朋友，他们逐渐变成一个影子，一个名字。直至最后某年相遇，在别的朋友介绍下，彼此使劲地挠后脑勺，不约而同地发出疑问，你是……

你是谁，谁是你，我是谁，谁是我，我们空洞地望着彼此，眼里早已溅不起熟悉的火花，曾经的怦然心动，好像停留在几个世纪。我们就这样走出了彼此的回忆，消散在南来北往的风尘里。

朋友就像树上的叶，在某个季节，一片一片在生长，从稚嫩到蓬勃，从稀少到繁茂，又会在某个季节，一片一片凋落，或者淹没在周围，或者消逝于远方。

如果不是真心，我们最好不要相遇，如果不能真情，我们最好一面之缘就此打住。

真，不一定要浓，不需见着面就握手摇三摇，拍着肩膀抱几抱。即使不能见面，也无须天天念叨着想你在梦里，恋你思你，恨不能天涯海角朝你狂奔去。

真，它可以很平淡，像手头的一根烟，想起来就吮一口，没想起来就随着它孤独地燃，若有若无，只飘悠在你的眼前。如苦茶过后存于舌根的一丝甜，点点滴滴，痴痴缠缠。它可以是你繁华过后依旧不忘瞥向我的一个瞬间，它可以是我困苦无依时你轻轻的一声呼唤。

它无须轰轰烈烈，天崩地裂，让古今文人长吟轻叹三百阙，它无须伤肝断肠，风云变色，舍生求死百转千回求之不得。

它可以细水长流，绕过岩石，漫过青草，向着阳光，走过黑夜，浸润我心，势头不灭。它可以云淡风轻，静静悄悄，一点涟漪，一丝余温，不问远近，无须跌宕起伏，只求同频共振。你在黑夜，我不稀罕光明，你停留凡尘，我不必仙境。

你来了，可以大张旗鼓，吵吵闹闹，也可以低眉顺眼，含羞带怯，万万不可假意虚情，曲意逢迎。如果这样，哪怕你劈面而来，也还请你掉头就走。

虚假就像草尖的露水，看起来晶莹剔透，如珍珠般让人宠爱，却经不起摇曳与触摸，更不能暴露在阳光下。它虽然穿着华美的外衣，包裹的却是干枯的朽骨，总有一天，会散发出腐臭的味道，让你捂着鼻子跑，让我恶了心地走。

我的世界很大，可以由着你来他去，如过江之鲫，我的心眼有时很小，见不得你今天来他明天去，像逛菜园子，随时随地。

如果你不小心来到我的世界，请你慢些脚步，费些心神。我的世界里有翠绿的草，鲜艳的花，湛蓝的天，厚实的土，还有一颗滚烫的心在扑通地跳着，期待与你和应。

如果你终将有一天要离去，我无法挽留，也请你优雅些，轻轻地带走那些你留下的怨愤、伤害、阴霾，让我再看一眼你美丽的背影，让它在转角的时候，落下一些温馨。

我不是一个无情的人，不想拥有一颗孤独的心，在万丈红尘中，渴望着一份体贴的实在，也想奉献一份温柔的真。

红颜易老，岁月如流，你有千娇百媚，也会霜雪满头，衰败如扬起的枯草，留不下你渺渺的身影。但你可以捧出真心，偎依我的真心，我会将它细心寄存，让你在我心中永远年轻。

我可以向每一个路过的人招呼，这是我的朋友，今生今世，在每一个路口，犹如明灯，照着我前行。

对于朋友，我多想只做加法，不用减法。让我的人生无论辉煌，或者晦暗，无论漫长，还是短暂，随时随地都可以大喊一声，朋友，我在这呢，来吧。然后，有人大声回应，朋友，我在这呢，来啦。

如此，即使没有风，我也会轻盈，即使没有雨，我也会湿润，即使没有阳光，我也会盛开，即使没有空气，我还是畅快地呼吸。

即使没有即使，我依然有你。

人生苦短，世事日艰，你我相逢于混沌，何不褪去伪装，敞开胸怀，且歌且舞，且行且惜，结成一世良伴，笑迎沧海风尘。如此，我当敬你一杯酒，你需仰头畅饮之。

饮了我的酒，我们是朋友，迈开步，甩甩手，一生一世，我的心且随了你走。

秋　夜

今夜的月很圆，但我不敢用皎洁来形容，因为它上面像蒙了一层灰，也许那是薄薄的云，也许那是淡淡的烟，也许那是某个相思的人袅袅叹出的一口气。

四周很不宁静，有匆匆而过的车流，有商店不停播放的歌声，有哭与笑，吵和骂搅在一起的碰撞声。

这样写下来，感觉很拗口，这是秋夜。在我的印象中，它应该是这样的。

头上一盘明月，透亮清冷，穿过斑驳的泡桐树叶，筛下一地碎银，它们跃动着，带着生命的欢欣。有的跌进哗哗的小溪，笑着蜿蜒前行，有的爬过院墙，偷窥邻家的大门，有的躺在竹床上，抖落一床的阴影，有的还随着秋虫的呢喃，演奏着别样的风景。

四周很静，田野里飘来泥土的清香，院落里有人窃窃私语，偶尔一声咳嗽，便吓掉几粒晶莹的露珠，在尘埃上映出眼泪的模样。

这儿的夜，在地上是瞧不见月光的，它早已被霓虹覆盖。它悬浮在半空中，若隐若现，你想要靠近，它便匆忙逃逸，离你更远。也许是它身不由己，也许是它有意戒备，反正于你于我，总有了太远的距离。

这里的草坪很少，蛐蛐无法在冷硬的水泥里隐身，这儿的花香得有些矜持，只愿停留在自己画出的半径。

那种夜，是我所向往的，无论是走在打谷场上，还是奔跑在田埂上，月光总是将我笼罩，遮盖得我满脸满身，让人如沐仙境，只要我随手一捧，便是满满的光明。

我会走一段停一段，举头看看天空，看看月亮是否如影随形，看看哪颗星星是否打了盹儿，看看天空是否如我眼睛一般透明。

星星朝我眨眼睛，月亮搁在我头顶，脚下的草丛软绵绵，秋虫与我对歌声，这样的夜，带着秋的温润，陪伴我一夜安心的鼾睡。

那儿的夜，有蚊子吵吵嚷嚷，与我进行你攻我守明目张胆的血拼。而这儿的夜，蚊子细小狡黠，却是不声不响地偷袭，带着一种仇恨的顽强，似乎要将我撵回去。

那儿的夜，有蝙蝠成群飞过，像精灵的化身，我们追着它们兜圈子，将快乐画成一个一个越来越大的同心圆。这儿的夜，没有夜鸟振翅，无需绕树三匝，因为早就无枝可栖。没有孩童的嬉闹，只有成人的哭泣，这儿的夜，将秋的悲凉勾勒得淋漓尽致。

这样的夜，从古至今，被人写了无数回，不管是甜蜜还是悲抑，总是让人痴迷。而我，却只能夜夜回忆那样的夜，在热闹的街头，感到无比的孤独，我找不到痴迷的理由，只想逃离。

逃离这种嘈杂，逃离这种空旷，逃离这种冷漠，逃离这种寂寥，逃离这种雾气重重，逃离这种无人理会的煎熬。

头顶的月亮似乎更大了，却更模糊了，有些发黄，蔫蔫儿地，它漫不经心地看着我，我漫不经心地看着它，谁也不能明白谁的心。

只是，我在走，它也走吗?

我回到了宿舍，室友们已经睡着了，窗口映着一小片惨淡的光，无力推开这片黑暗。

有人梦呓，有人磨牙，有人鼾声如雷，有人咯吱咯吱地转身。

还有哪位室友戴着耳机在听歌，若有若无的歌声在黑夜里特别清晰，像一支火苗在我面前闪烁。

你问我何时归故里
我也轻声地问自己
不是在此时
不知在何时
我想大约会是在冬季

是的，我想大约会是在冬季，与春运拥挤着，挣扎着，回到故里。

我瞄了一眼窗口，月亮看不见了。我躺到床上，心中升起了一轮明月，皎洁纯净，在静静的夜里，伴着虫鸣，伴着花香，伴着故乡的小溪。

思　念

父亲已走了二十四年，这二十四年，我不知他都去了哪些地方，或者一脚都没挪，他离我其实并不远。

他就窝在后山一块坡地上，向着东南方向。这儿其实很贫瘠，面上薄薄一层黄泥土，底下全是麻骨石。有时下过一些大雨，泥土冲走之后，麻骨石裸露在外面，参差着泛着清冷的光，犹如父亲剪过两三天头发后的头。

之后，这些麻骨石上会生出一些黑色的地打皮或绿色的青苔，一簇一簇地，迎着风和光，用卑微的生命覆盖住世间的苍白。

父亲的坟头，一样有风吹雨刷，一天天矮下去，又会在某一天高起来。一团一团的地打皮或青苔被一揪一揪的黄泥土覆盖，见不着风和光，也没有了生命的迹象，也许化作了营养，滋润起那一丛丛新长的茅草堆了。

我们立在父亲面前，燃香，放鞭炮，磕首，一遍又一遍地自言自语，回应我们的只有那漫天飞舞的纸钱灰和挨挨挤挤的风吹茅草声。

这一片贫瘠的土地上，因了父亲，有一小块土壤深厚，野草蓬勃，虽处在洼地，却有一种傲视四野的气势。

那个土包立在那儿，也立在我们心上，隆起一坨无法释怀的悲哀，尚未走近，心中便戚戚。

听母亲说，这地儿是父亲拄着棍子转了好几天才选定的。它背靠村公路，那是他的儿子上初中走了三年的路，那是他迎来送往了三年的路，也是他拉着板车，挑着担儿去街上卖农产品的必经之路。这条路上有他的汗水和希望，有他的失落和遗憾。它面朝举水，面朝那一摊白茫茫的沙和一汪瘦瘦的水，那水中倒映着的是他儿子去远方或归家的身影，那沙上深深浅浅的足印，留着他儿子从异乡带回的气味。

而且这地儿下方一块块的耕地，正是他当年驾牛扬鞭，播撒耕作的战场。他生前留下负重的身影，死后也傍在这儿，时刻关注着这片土地的旱涝，歉收，春种冬藏。

只是如今，他该有些落寞了，这片土地大多荒芜，地里的草长得比他坟头的草还深还密。那些草早已遮住他的眼睛，他应该可以歇口气，打打盹儿了，毕竟各处都一样，不仅不见儿子的身影，连土生土长的农人也少见了。

二十四年，不知父亲歇着没歇，走没走远。反正每次我走到那儿，无论怎么哭，怎么喊，他都静默着，一动不动。我揪住那些茅草，似乎扯住他的衣服，但从不见他回头，也感觉不到他是否要走。

旁边的一些黑的地打皮，绿的青苔全都小心翼翼，伏贴着土地，绷得紧紧的，显得瘦削而柔弱，犹如父亲垂危的身体，强装着露出生命的印记。

父亲刚过花甲，就离开了家，离开了我们。他从他耕作的土地上离开，又匆匆扑入它们的怀里，只不过换了一种姿势，并将这种姿势长久地延续。

他没有走远，无论我在异乡还是故乡，他一直在我身边，看着我的一言一行，一举一动，时时在鞭策着我。

我不敢在大人面前说粗话脏话，直至我成了大人，在老人面前，有时不经意说出一点，我会赶紧住口，脸上火辣辣地痛，仿佛被父亲抽了一耳光。

如今，我的孩子与大人说话，倘若有粗话脏话，我立即呵止，你爷爷说过，尊重别人从言行开始，让尊者为尊，让长者为长，让人间充满真情的力量。

在大人面前不能跷二郎腿，也是父亲反复叮嘱过的，我一直奉行。倘若儿子坐着不自在，随意将腿搁上，我只需喊一声，儿子便会发觉自己不对，赶紧撤下。我们不能盛气凌人，但也不能漠视别人，不管是无意还是有意，保持谦恭，我们会获得意想不到的尊重。

还有吃饭搛菜舀汤时，我一般会站起来，拿着碗尽可能凑近菜汤，免得洒得到处都是。小时候与父亲在一起，倘若漏了菜汤，他经常拿筷子头敲我的头。饭后，必定要我用抹布将桌子擦干净，并一再嘱咐我要长记性，不准再犯。

坐要有坐相，吃要有吃相。这些家风由父亲传给我，我再传给孩子们，耳濡目染，言传身教，一代一代，成了无价之宝。

父亲不仅在土地上耕作，让我读书，成长，给了我大爱，也在日常点滴中，教我做人，处世，给了我无微不至的爱。

就连他死后，身前身后也全是爱。那些路，二十四年，他没走过，但他分明时时在走；那些地，二十四年，他没种过，但他分明时时在播撒希望；那条河流，二十四年，他没蹚过，但他分明时时在那儿等候。

二十四年，他的儿子成了大人，尽管许多道理已懂，但他分明时时在嘱托，在他眼里，我永远是小孩，我的儿子更需要他的庇护。

二十四年，棺木也许已经朽烂，容颜早就更改，但坟茔犹在，父亲犹在，教诲犹在，思念犹在。

尽管我的头发已现斑白，但在这儿，只要我跪下去，任何时候，都可以哭得像个小孩。

童年趣事之玩陀螺

现在，在很多景点或者儿童游乐场，经常会看到卖陀螺的。这种陀螺是塑料制作的，驱使它的动力，是一根塑料带，旋转的时候，会闪烁各种颜色的荧光。

每每看到摊贩一边大声吆喝，一边旋转陀螺时，我就会想起我的童年。

我们那儿将陀螺叫地骨碌，每一个男孩，都以会制作一个精巧的地骨碌为荣。那个时候我们手里没有钱，商店也没有卖，陀螺都是自己手工制作。

制陀螺时，一般用上好的檀木，它木质密实，不轻飘，不易开裂，不易摔坏。选胳膊粗的木料，剁成十公分左右，将底下一半细细削成圆锥形，上半部分去皮，用砂纸打磨，面上也磨得光溜溜，没有一丝毛糙的地方。

再在锥底挖一个小圆坑，塞一个小指头那么大的铁弹珠，夯实，这样在地面旋转的时候摩擦力小，转得持久。还要在面上涂一点红的、蓝的、黑的墨水，旋转的时候就会出现一个个红的、蓝的、黑的同心圆，非常漂亮。

陀螺制成了，还要做一根鞭子，抽打，驱动它。鞭子一般选用指头粗的竹子，约五十厘米长，将竹节削平，打磨光溜。竹竿一端拴上一根六十公分长的布条，拇指般宽，这样带劲，抽起来还会啪啪作响。

布条也选用那种密实，不易脱线的大布，否则，抽着抽着，线头一根根地掉，力道越来越小，最后整个布条就没了。

这样，整套玩具就算制作完成，也该到了我们大显身手的时候。

村子南头有一个打谷场，打谷场上铺了水泥面，这就成了玩陀螺最好的地方。

每到放学后，夕阳满天，四处一片金黄，在微风吹拂的打谷场上，一群少年穿来插去，陀螺旋转的嗡嗡声，鞭子抽动的啪啪声，旁观者的喝彩声，汇成一片欢乐的海洋。

其实，陀螺的玩法很简单，左手拿陀螺，右手将鞭梢的布条一圈一圈往陀螺的上半部分缠绕，每一圈都缠紧，箍实。缠完之后人蹲下去，左手将陀螺放在地上扶住，右手拿着竹竿使劲往旁边一拽，同时左手松开，陀螺就在地上优哉游哉地转开了。

以后就可以瞅准时机，在它转得慢快要停下来时，对着陀螺抽一鞭子，它便像加了油一样又快速地旋转，如此反复，就可以一直玩下去。

由于人多，各自专注于各自的陀螺，难免就会发生一些小小的差错。有时人挨得近，扬起的鞭子会一下抽到别人的脸上，虽说不是很痛，但别人马上就变成花猫脸，傻傻地顾不上擦。有时两人的鞭子在扬起或落下时，不小心就纠缠在一起，扯也扯不开，两人的陀螺眼看就要耗尽功力，倒地不起，就急得哇哇直叫。旁边的伙伴会赶过来救场，各自抽一鞭子之后，又赶紧跑到自己的陀螺旁边。

有时我们也会互换着抽，像打乒乓球一样，隔开一米多的距离，你将陀螺往我这边抽，我将陀螺往你那边抽，两只陀螺转来转去，就像喝醉酒的汉子，一会儿晕头转向地跑到这边，一会儿东奔西窜地跑到那边，不知疲倦。

我们有时也会举办一些比赛，在一米五宽窄的范围里，将陀螺从打谷场这头抽到那头，谁不出线，用的时间最短，谁就赢了。十几个人排在一起，一声哨音开始，大伙纷纷扬鞭，噼噼啪啪，响成一片。其他的伙伴呐喊的呐喊，鼓掌的鼓掌，敲石子的敲石子，当裁判的当裁判，场面十分壮观。

有的陀螺在中途越线了，有的陀螺在中间倒地不干了，有的陀螺真给主人长脸，不偏不倚，一直向前。有的急火攻心，将陀螺一鞭子抽到水塘里了，有的还将陀螺抽得越过人的头顶，像只鸟一样，飞到菜园去了。

不管做什么，都可以熟能生巧。有的人扬起鞭儿，像白鹤展翅，姿态优美，而他的陀螺，也气定神闲，像永动机一样，不急不缓，不肯停歇。有的人左手一鞭子，右手一鞭子，还可以抬起腿在胯下一鞭子，从容不迫，换着花样。

有的人还可以将陀螺抽得绕成 8 字，或者圆圈形，有的人还可以将陀螺抽得像青蛙跳，就是倒不了。当然，也有的人一不小心，将竹竿一下打在陀螺上，虎口一震，陀螺就真成骨碌了，跳出老远，扑倒在地。

岁月无坚不摧，无物永垂不朽。慢慢地，那些陀螺不转了，甚至不见了，打谷场上再也没有啪啪的竹鞭声，那些扬起的布条早已不知烂在什么角落，再也没有鼓掌声，没有喝彩声，没有一个个矫健的身影。

他们一个个长大了，走远了，在北京，在上海，在广东，在天涯，在海角，在你看不见我，我看不见你的地方。

但不论何时，不论何地，他们心中都有一片宽阔的打谷场，铺着水泥地面溜光光，上面有一只地骨碌一直在不停地旋转，不停地旋转，颤得心柔柔地慌。

牙　膏

有一段时间，母亲牙痛得厉害，经常捂着腮帮子，饭都吃不下。后来，经不住我的劝说，也实在是痛得太难受了，就去诊所看了一下。

我问她结果，她说好多了，医生开了一些消炎药，还叫她要用一些好的牙膏。我就问她平常用些什么牙膏，她带着一丝得意，“我用的牙膏可好了，七八块钱一管呢。”我说，“这哪儿好啊，太普通了，赶紧换一些更好的。”

她在电话那头细声咕哝，“这还不好，人家还用两三块钱一管的呢，我太浪费了。”

我知道母亲不会换，她舍不得。她一生勤勤俭俭，总怕错用了一分钱。现在的一些东西，我不逼着她，她是不会用的，即使在用，哪怕针尖大一点的东西，她也会四处炫耀，落下我的好名声。回到家里，她会小心地珍藏起来，还隐隐有一些自责，仿佛她用了，就是暴殄天物。

她的脾气我太了解了，在我面前经常是表面一套，心里一套。你跟她说，她会很爽快地答应，我晓得，我巴不得天天用好的，有福我还不知道享吗。你莫着急，冇得钱我会找你要，用钱的地方多着呢。

可等我前脚走，她随后就把该收的东西收起来，该藏的东西藏起来。等我再回来，她又赶紧在我面前用起来，晃来晃去，显得大手大脚。

只是，感觉她的东西像有再生能力一样，总是用不完。

她像个小孩，跟我玩着这些伎俩，以为很巧妙，其实，我一眼就看穿，但我一直没点破。在她面前，我真的永远是个孩子，总想让我吃得好些，穿得好些，过得好些，一直需要她的呵护，挂念，总是尽量减轻我的负担。

春季，她会到山上或河沟抽竹笋，摘花儿菜，采蕨苗，上高山，甚至爬树，走河滩，甚至赤脚，哪怕下雨，哪怕荆棘密布，她也不会停下脚步，总怕错过了那一茬。一篮篮一袋袋，她会洗得干干净净腌好，晒干，只等春节回来，看我狼吞虎咽，放不下碗筷，好像我多吃一口，身上便会长一块肉，她心头也会长一块肉。

在畈地或菜园，碰到树桩或柴火兜，不管多大多重，她总会想办法拖回来，剁好码好。别人笑她，两百块钱可以买一大拖拉机，她平淡地说，那总归要花钱呀，我又挣不到，我多积一点就可以少买一点。

冬天，她会替人家剥茶籽，没有工钱，只为得到那些易燃的茶壳，将来好生得几炉温暖的炭火。哪怕风再大，天再冷，手上出了血，她会系着围裙，挽着竹筐，从不缺席。她知道我怕烟熏，经常跑到外面，情愿受冻也不坐到伙房。茶壳燃起来火很烈又无烟，所以她起早贪黑，一点一点地攒。

她会将所有的关爱聚集到日常的琐碎中，点点滴滴，分分毫毫。一天天，一年年，越积越厚，越积越广，形成一股洪流，越过山川的阻隔，漫过岁月的侵蚀，朝着我一路涌来，势头不减。将我一点点包围，逐步逐步淹没。

我温暖在她给的温暖中，幸福在她给的幸福中，舒舒服服过日子，安安心心地上班。她却一直将自己置身事外，满足于我无意中的一句话，满足于我淡薄的一点馈赠，任凭自己老去。

生活无情地摧毁她矫健的身姿，岁月残酷地剥夺她敏捷的思绪。简陋，迟钝，沧桑，衰老，甚至死亡，她什么都可以不管，什么都可以放下，什么都可以失去，唯独紧紧地揪住一条不放，那就是对我的爱。

不论物质的，还是精神的，有形的，还是无形的，一个眼神，一个动作，一句叮嘱，一份等待，在白雾茫茫的早晨，在暗黑无边的长夜，在一垄垄的麦地，在一棵棵荠菜旁。那种爱有时细水长流，有时汹涌澎湃，有时静默无声，有时惊天动地，都只绕着一个人转，为着一个人留。

母亲的爱，只有孩子，没有自己。

那年春节，我买了几管三四十块钱的牙膏带回去，母亲漱了几次，感觉很好用，牙再也不疼了。她问我多少钱一管，我说只要十块，她觉得划算，就放心地用。

在外面，她见人就说，还是上海的牙膏好，又经济又实惠，还真的管用。她甚至见着张二婶李二娘就说，让她们家娃儿也在外面给她们带，如果她们的娃儿不带，就让我回来时给她们捎，最后她拍着胸脯保证，我家小亚可好啦，肯定会带的。

我暗自得意了好久，母亲总算让我蒙着一回。

可几天之后，母亲给我打电话了，噼里啪啦一顿抱怨，好你个小亚，你一支牙膏几十块，够我吃一年的盐。你们年轻，应该用好的，我一个老婆子，还那么讲究干什么。牙痛算什么，隔壁王婶，比我还小三岁，牙都掉光了，不照样过得好好的。

我只用一管，另两管留给你用吧，母亲一迭连声，话筒里传来微微的喘息。

我赶忙安慰，说不用好牙膏，牙再痛，又去看医生会花更多的钱，我在外面也不安心。关键是，我买的牙膏保质期只有一年，到年底全部没用，到时就丢进垃圾桶，让它们烂到土里去吧。

母亲一怔，传来一声叹息，带着央求的口气，再不要买了，老是这样糟践，我也不安心啊。

我的手开始颤抖，心里一阵阵抽搐，像有一波一波的浪不停地冲击。那应该是母亲的爱，顺着电流急急朝我奔来，带着温暖，像金色的阳光，一下子将我覆盖。

电话不知什么时候挂了，但手里像握着一颗炽热的心，轻轻地跃动。

母亲应该拿着牙膏盒子一家一家地去唠嗑了。

我也该一年一年地给她买保质期仅剩一年的牙膏了。

红　薯

小时候家里很穷，粮食不充足，餐餐能吃大米饭那是一种奢求，母亲便经常弄一些别的花样，让我们度过那半饥不饱的岁月。

小麦收了，便经常吃些火烧粑，面疙瘩片，汤汤水水，弄个肚儿圆，南瓜熟了，便经常吃些小半米饭大半南瓜黏稠的南瓜饭，红薯挖出来了，便经常在锅边搭一些红薯蒸熟，一碗红薯，半碗米饭。

红薯属于一种高产作物，易耕种，不需太多的精力管理，产量又大。它既可生吃也可熟吃，还可制成薯片，油炸着吃，经济实惠，因此，那个时候，家家户户都会种不少的红薯。

红薯只需留几个作种子，下在菜园里。待它长出禾苗，牵出藤蔓，到该移植的季节，将每一个枝杈剪作一节，插进土地里，浇上水，就可成活。

当然，栽红薯的地必须垒成一条条约三十公分高的埂子，间距约二十来公分，将土弄蓬松，以后红薯就长在埂子里，又大又光溜。

垒梗子的活自然父亲做了，需要相当的力气，我只管插枝苗，再在禾苗旁边围一个小圈，将母亲挑来的水一瓢一瓢舀进圈里。

别看禾苗当时蔫头耷脑，气息奄奄，可经过两三天雨露的滋润，一支支像吃了兴奋剂，挺直了腰杆，向着太阳张望。

此后只需锄锄草就可以，经过一两个月的生长，禾苗郁郁葱葱，连成一片。藤蔓底下逐渐结果，埂子开始发胀，有的地方还裂开了缝，红薯在底下仿佛在向我们招手。

此时，它们逐渐成了我们觊觎的目标。放牛时，将牛散在河滩上，我们像特务一样，借助树木与草丛的掩映，迂回曲折，匍匐前行。接近目标时，掀开藤蔓，专挑那裂了缝的埂子用手挖，手挖不动就用棍子一点一点地戳开土，将那一个个宝贝摘下，再将根须埋回土里，它们还可继续生长，结果。

那时的衣服口袋多，将上上下下装得鼓鼓囊囊，便可凯旋而归。倘若偷到一半，有人来了，放哨的人便发出信号，我们火速撤兵。没吃到红薯，我们的心是不甘的，总会再等时机。就像猫儿闻到了腥，没下到口，焦急蹿跳，心情极为不爽。

偷来的红薯在河水里洗净，不用削皮，张口就嚼，咯吱咯吱，又甜又脆。生的吃饱了，再将一些埋在干燥的河沙下，捡来柴火，在上面生起火来，半个时辰不到，一股香甜的味道便渗出沙子，飘荡开来。

迅速撤火，用棍子拂去滚烫的沙子，外焦里嫩的红薯便露了出来，我们像饿牢放出的人一样，心急火燎地将红薯拨到潮湿的地方降温。

这样烤出来的红薯不会糊里巴焦，又软又香，味道纯正。

只是农人看到了河里的烟柱，便会吐口唾沫咕哝一声，这帮兔崽子，不知又祸害谁了。

等到晚饭时，肚子还撑着呢，母亲便会狐疑地望着我，又偷红薯吃了。我连忙掩饰，可手还是习惯性地摸向嘴角，那儿经常会留下一抹黑印，好像从来都没擦净。

等到十月底，季节到了，红薯已完全成熟。父亲拿着耙锄，挑着竹筐，母亲也挑着竹筐，我提着茶水，来到红薯地里，开始挖红薯。

父亲扬起耙锄，每一锄下去，翻出一大堆土，里面便是大大小小的红薯，一串串地，根连着根。他的眼劲很准，从没伤着红薯，好像红薯怕他似的。

而我，要么是将红薯拦腰截断，要么钉在耙齿上甩也甩不掉。

红薯年年都丰收，一筐筐一箩箩地堆进屋里，每当这时，父母的脸上挂着笑，心里是甜蜜的。父亲有时会让我挑一只光溜的洗干净，递给他，他一边嚼着，一边盯着红薯，神情专注。也许他的心里充满感激，是这些红薯让他的孩子不再挨饿，一年一年健康地成长。

接下来的一段时间，红薯饭是必不可少的。大的红薯，母亲就削去皮，切成一块块的，小的红薯就洗净，整个地搭在快上汽的饭里。

要不了多久，满厨房都是红薯浓郁的香甜味道，而我的哈喇子早流了一地。

开锅饭第一个肯定是盛给我的，我只要红薯，甚至不允许上面粘一颗饭粒。母亲便会笑着说，我们都不吃，管你吃个饱，下一餐只蒸红薯了，只要你吃不厌就行。

我还真吃不厌呢，恨不得将脸埋进红薯里。

红薯太多了堆在地上容易烂，需要挖地窖，里面垫些柴火包裹起来，再覆上土，等到来年春季挖出来，接着吃。

于是，每天到隆起的土丘那儿仔细查找，看有没有塌陷，有没有老鼠打的洞，成了我雷打不动的任务，否则，进了水，一个烂掉，像传染病般，所有的都会烂掉。

红薯茎可以作菜，既可吃新鲜的，也可腌着吃，非常美味。

在那个特殊的年代，红薯就是粮食，就是我们的恩人，虽然我们没有穿得暖，但可以吃得饱。它们静静地埋在土里，不吵不闹，不炫不争，朴实得像土疙瘩。在我们需要时，才忍痛离开土地，如同辞别了父母，为我们奉献全身。

虽然我已辞别故乡，父母已离我远去，可我的根在那儿，就像红薯眷恋着大地，那种质朴的情感温暖而深情。

那揭开锅盖后，朦胧的蒸汽中满是香喷喷的味道，不仅牵引着我的味觉，也牵引着我的目光。母亲似乎一直在那儿微笑，父亲似乎一直在那儿看着少年一天天长大，强健。

然后，挥一挥手，少年跨出了门槛，向后一望，目光便撞碎了父母的心。

那种时光似乎一直静止，静止在少年逐渐老去的思绪里，安详而宁静，忧伤而明媚。

红薯红薯，你还在长吗，少年少年，你还在望吗?

岁月岁月，你能够回头吗，思念思念，你永远年轻吗?

因为爱，你甘愿一次一次重来

这次回去，我踱着踱着，不自觉就走到老屋那儿了。老屋前面已经坍塌，没有门和窗，里面放一些柴火和杂七杂八的农具，反正也没人要，就那样敞开着。

里面已是破败不堪，曾经的厨房，堂屋，卧房，依稀大样还在，除了麻雀，老鼠，蜘蛛穿行其间，已毫无生气。父母的呼唤，兄弟姊妹的嬉闹，鸡鸣猪叫的场景一去不返。

院子里杂草丛生，毫无次序，一些树根直接伸出了地面。屋子前后的树还在，柏树，刺槐，香椿，梓树，没人砍伐，枝条在空中肆意伸展。

对了，院子的西北角有一棵泡桐树，已有碗口粗了，直挺挺向天插去。这棵泡桐树是父亲在时栽的，有几十年了。你可能有些疑惑，泡桐树木质疏松，极易生长，几十年了，怎么还只有碗口大小。

泡桐树是一种再生树木，将它齐根锯掉后，来年春天，便会重新长出很多枝苗。很多农人往往等它长到可以用时便锯掉，让它再生长，蓄上一根直苗，要不了几年，便又成一棵大树，又可锯掉，再蓄出一棵。

老人们说，泡桐树只有锯过三次，最后长的树干才不会空心。因此，每一棵泡桐树，只要你不将根挖起，它便可以反反复复生长，反反复复利用。你看到每一棵泡桐树，你都不知道它是第几次生长。

我家这棵树也一样，尽管几十年了，现在在我眼前，也只有碗口那么大，但我不知道的是，它地底下的根究竟延伸到了哪里，它每一年都长了多少。

面对一次次砍伐，它是否怨恨过父母，是否想过不再生长，连根一起死去。我想，它应该不会愤慨，因为它曾经很孤独，默默地承受风雨，无人为它喝彩。

自从父亲将它从野外移来，栽在这儿后，它听到了小孩的歌声，父母的召唤，看到了鸡和猪绕着它转，各种小鸟和它作伴。还有那么多的同类在它周围陪着它经历风霜雨雪，晒着阳光，一起成长。

它应该不会记恨的，因为每一次锯断后，来年春天，春风一吹，它们便争先恐后冒出枝芽，蓬蓬勃勃，憋着劲向上长。

因为少年曾用它的叶子遮过太阳，曾将它紫白的花朵插进母亲的鬓发上，曾替它驱赶过知了对它的纠缠，曾捡着它核桃一般的果实在手中把玩。

曾经爬上它的枝丫，昂着头，以为离天空更近，隔自由不远。

更甚至曾将自己的爱恨刻在它的躯干上，将它当作最好的伙计，默默与它分享，一年一年。我流泪时它也流泪，我欢笑时，它便沙沙作响，垂下头，将清凉洒在我的身上。

甚至，它的牺牲也曾经是为了少年。

那一年，少年以优异的成绩考上镇重点初中，父母感到无比的荣耀，少年也欣喜异常。

那时的初中，在学校住宿，需自己带米带菜，带床铺衣服。因此每一个中学生都有自己的脸盆，饭盆，竹床，木箱。

竹床，盆盆罐罐都是现成的，唯独木箱需要现做。在农村，泡桐树是制木箱最好的材料，透气易干，不变形，不怕烟熏，更主要的是密度低，很轻，便于搬运。

那时，这棵泡桐树比碗口还粗，父亲便将它放倒，请来木匠，给我打了一只崭新的木箱。

我立在那浅浅的木桩前，愣怔良久。泡桐树陪了我十多年，已经根深叶茂，亭亭如盖，没想到为了我，竟被锯断，需重生再来。

我是少年，可疯狂地跑，安静地思考，还可以走得更远。可泡桐树又像婴儿一般，要重新长第一根茎干，第一片叶子，还要时时防着被人踩到，被猪拱到，以及一些不可预测的伤害。

它为了我，也算是做出了最大的牺牲。

开学那天，父亲挑着竹铺棉被和箱子，带着傲娇，一路上不停地与熟人打着招呼，散纸烟，报着我考试的分数，一遍又一遍。我则提着网兜，里面盛着河鱼、青菜、花生米等各种蔬菜，以及母亲细细的叮咛和殷殷的爱。

山路上微风徐来，木箱子散发着清香，随着父亲轻快的脚步，吱吱呀呀，轻快地摇摆。

我试图在途中替换一下父亲，父亲朝我挥挥手，嗔怪道，瞧你那身板，挑得动吗?

你现在什么都不要想，到学校后努力学习，争取成才，给自己寻一个好的未来。我和你母亲会将家里打理好，尽最大的力量供你读书，你能读到哪儿，我们供到哪儿，一直在你身后。

父亲说着，吐了口唾沫在巴掌上，肩膀一颠，担子很平稳地换了肩。父亲不再言语，直着腰朝前走，在我面前，好像毫不费力一样。

父母分明在我前面，一直在，像一棵泡桐树，默默无言，替我挡风遮雨，让我快乐成长，随时准备为我牺牲一切。

木箱陪伴我三年的初中、三年的高中，看着我从一个懵懂少年成长为一个结实的青年。泡桐树越来越茁壮，又重新从一个婴儿成长为一棵参天大树，变成有用之材。

每逢假日，我会搬一个凳子坐在树底下看书听歌，泡桐树像老朋友一般，偶尔会飘落一朵花在我头上，或者一颗种子在我脚前，逗弄一下我。

只可惜，那年高考，我没有成才，落榜了。父亲早已不是当年健壮的模样，卧在床上已无法动弹，母亲也老了，白发随着蹒跚的脚步一起一伏。

我辜负了他们的期望，读到高中就止步不前，他们也没有力量供我继续求学。不过，他们也没有食言，我读到哪儿，他们供到哪儿。可他们还是觉得对不起我，拖累了我，让我无法复读，无法走得更远。

可他们不知道，他们不能在前面，挺着伟岸的身躯走，我又如何忍心抛下他们，只顾一个人盲目地跑呢？

让人难过的是，他们老了，一直到离去，变成一抔黄土，却不能像泡桐树一样，重新发芽，成长，再来陪伴我，走过一生一世。

如今，老屋已残破，父母在山上，灵魂已不知何往，但我一直感觉到他们的存在。如同这棵泡桐树，一直能够再生，哪怕我走得再远，也会在一个地方将我痴痴守候。

因为它知道，一定会有某一天，我会回来看望它，与它相聚，一诉离肠。

因为它还有更多的爱，更多的关怀，更多的牺牲，甘愿为了我，世世生生，一次一次重来。

蘑　菇

近一段时间，上海阴雨连绵，气温下降，寒意阵阵，日子过得很无趣。

老家也是如此，雨时大时小，到处湿漉漉，气温也很低，小孩都穿起了袄子。这个时候，很多人去山上采蘑菇，朋友圈里晒出绵绵的远山，满筐满箩的蘑菇，让我生出无限的向往。

我向往巍峨的山，潺潺的溪，成片的林，满目的黄绿交替。我向往成群的伙伴，欢快的笑声，蹬蹬的脚步，微微的喘息。而那一只只黄的、红的、灰的蘑菇，或者偎依在树根旁，或者潜在茅草里，像羞涩的少女，亭亭玉立，这才是我所有的向往里，最让人牵肠挂肚的。

在外打工，经常会吃蘑菇，或者打汤，或者炒青菜。有的滑腻腻，淡而无味，像一块块橡皮，有的干得像老树枝，嚼不烂咬不细。它们都是种植的，没有香味，一点都不鲜嫩。

它们不是长在山上，没有吸收青山绿水的灵气，就像从小离家的孩子，灵魂里缺了思念的深情。这些蘑菇，吃了第一次不会惦记着第二次，吃了第二次，并不计划吃第三次，有时只是为了变变花样，换换口味。

这几天总感觉睡得不踏实，到现在才明白，原来是看了朋友圈，看了他们发的动态，看到了他们满载而归采摘的蘑菇。

我并不是一个特别讲究的吃货，但对于家乡的这种蘑菇却毫无抵抗力，恨不能天天将它当饭吃。哦，不好意思，手机位置放得太归中，口水滴在上面了，赶紧擦一擦。

我已不吃它许多年了，扳着指头怎么都算不清楚，因为脑子里全是蘑菇，像一朵朵盛开的鲜花，香味四溢。

儿时的我们，每到这个季节，只要山上有蘑菇，一放学，书包一甩，挎上一个竹篮，就往山上冲。

大别山区的这种蘑菇叫作枞树菇，一般长在朝阳的山坡上，特别是有松树的地方，而且它很恋旧，今年长在这儿，明年也还在这儿长，并不随着风儿走，也不由着雨水流。

有时天阴沉沉的，重重的云依旧压在头顶，有时雨后初霁，晕红的太阳像个气球，懒洋洋地挂在西山头，随时都想坠下去。我们像猴子一般，吱吱叫着，刚才还在这山，一眨眼又跳到那山。个个都眼睛瞪得溜圆，用手或脚拨开一蓬一蓬的草，弓着身子如同侦察兵。

有的蘑菇不太合群，一只孤傲地立在一处，如同哲人沉思，有的蘑菇太爱凑热闹，几只挨挤在一起，甚至都变了形，也有些有毒的蘑菇趁乱混在一起，以为我们分不清。

每每看到蘑菇，就像见着宝贝，惊叫之时早已俯下身子，将它小心地扯出，哪怕茎断了，我也要将断掉的一截捡起，嗜它如命。

放学在山上待的时间不能太长，天很快就要黑下来，采到够一碗时，我们也不贪心，毕竟还有明天，还有后天，最好是每天都能尝尝这人间美味。

回到家后，我将它们掰开，拿到池塘细细地清洗。记得有一次，一瓣蘑菇漂到塘中间去了，我硬是脱掉衣服，下水蹚过去将它捞起，惹得半垸子人到现在还拿这事笑话我。

平时，我是不洗菜只管吃菜的，只有蘑菇，才能让我省下玩耍的时间，尽心地侍弄它。父亲曾笑着说，要包下那片长蘑菇的山，让我每年吃蘑菇，喝蘑菇，搂着蘑菇睡，陪着蘑菇长。

母亲一般用蘑菇下面条或面疙瘩片，蘑菇下了之后，我一直就围着灶台转，像猫儿瞅着了水池的鱼。当袅袅蒸汽升起时，那种鲜美的滋味溢得满屋都是，我的鼻孔就会哧溜哧溜地不停耸动。

开锅之时，第一碗肯定是先盛给我，不然，我会急的。一蓝边碗热热的汤面，在我手里不停地转着圈，吹皱的汤水逐渐浅下去，我的额上，脸上的汗水一道道地淌下来。母亲就会拿过一条毛巾，一边替我揩汗，一边嘱咐我吃慢些，别像抢一样，锅里多得是。我哪里听得进去，在毛巾蒙住我的眼时，我的嘴还摸索在碗沿上。

一顿面下来，我的舌头烫木了，早已品不出鲜香，可那种滋味早已浸进我的身体，嵌入我的灵魂，攫取了我永远的记忆。

我对那种蘑菇情有独钟，我虽没搂着它睡，但它却陪着我成长，童年，少年，青年，一直在我左右。

只是现在，我一直在外打工，当它长在故乡的山上时，我却没有机会回到它身边。当我回去时，它却早已完成它的轮回，消失不见。我们就这样不断地错过一年一年的约定，只能不断地怀念，不断地回忆。

我像一只风筝孤独地飞翔在异乡的天空，这儿没有绵绵的山，清清的水，白白的云，欢快的歌。这儿的高楼很朝阳，但朝阳的顶上生不出蘑菇，这儿的草很翠绿，但没有蘑菇与它相依偎。

这儿的天一直在下雨，我觉得很无趣，故乡的天也一直在下雨，我想几步就跑回去。

因为那儿有蘑菇，像一把把小伞，遮住游子潮湿的心。它带着浓浓的故乡味，就像我的亲人，不远千里，在我的梦里将我追寻。

第六辑　那些故乡盼与梦

外 公

一

外公去世那年，我只有十来岁，母亲作为长女，听到消息，带上我，他最小的外孙，哭哭啼啼地就去了。

到现在已经三十多年了，人的记忆就像一座水库，放进一些水来也就会排出一些水，储存总是有限的。

只模模糊糊地记得出殡那天，白茫茫的一片，母亲、小姨和舅舅戴着长孝，在人们搀扶下，哭得撕心裂肺。我不知是举着花圈还是幡布，和表兄弟们像如今的学生一样，排着长队走在前面。

队伍穿过村庄，跨过小河，越过庄稼地，一路走走停停。鞭炮声，号哭声不绝于耳，冥纸钱一路抛撒，所有动与静的行为，都在宣告一个人的离去与消失。

最后，棺椁爬过一片油茶林，在一处向阳的山坡埋了下去。人们逐渐散去，带着余悲，我们小孩子一路奔跑着，欢叫着，完全与大人们不在同一个世界。

彼时的我们，不会怅然于人生一世，草木一秋，不会叨念于死生由命，富贵在天，不会哀恸于斯人已远，再不相见，我们简单得像山间的蚱蜢，只要热闹，便快乐地蹦出草丛。

二

母亲在快四十岁时生下我，那时还是大集体，缺吃少穿。我那时丑得瘆人，又黑又瘦，干巴巴的，像只小猴子，营养不良。

外公却极疼我，我是他九个外孙中最小的。母亲曾不止一次地跟她的孩子们说，只有我的名字是外公取的，每次谈起时，母亲脸上溢着光彩，带着巨大的荣耀。

因为外公在当地很有名，书墨滔滔，写得一手好字，他是一个文化人，而且明辨事理，敢于打抱不平。

谁家写个文书或契约，总是找外公，谁家有个吵闹或与邻里有个纠纷，难以决断时，也是找外公。他敢于说真话，不怕得罪人，他善于摆事理，总能让当事人心服口服，最后，所有的怨恨云淡风轻。

我的名字是外公取的，我也觉得自豪，毕竟外公是当地一个有些名气的人，他取的名字肯定有水平，母亲认为那是外公对我一份独特的疼爱，一份殷殷的期待。

说来惭愧，我的名字很大气，很好记，可我却碌碌无为，黯淡无光，与名字极不相称，每次在深夜醒来，感觉辜负了外公的期许。

不知三十年来，外公在那边可否安好，是否对我表示过失望，也许他并没曾要求我能像我的名字一样响响亮亮，与日月同辉，但纵观我几十年卑微的人生，我自己也脸红不已，愧对先人。

三

我对外公的记忆只有一两个片断，因为那时我还小，只顾着贪玩，不知道终归有一天，他会离开我，还不知道如果多看他几眼，也许就能为日后保存一些更真实的念想。

外公每年都会去我家住上一段时间，印象中，他身形高大，穿着黑色长袍，戴着一顶雷锋式的毛帽。他面颊上总有两团晕红，像胭脂染过，双目凛凛有神，声音洪亮，似乎每次发声，都能将房梁上的灰尘震落。

我是极喜欢外公来我家住的，因为每当这时，我家的菜比平时好了许多，餐桌上总有腥荤出现。吃饭时，我就紧挨着外公，他便时不时地给我夹肉，我可以不理会母亲鼓破的眼睛和父亲难看的脸色。

外公总嘱咐我不要挑食，尽量吃饱，将身体长结实，以后才能干大事。在严肃的外公面前，我可以毫无顾忌地在他怀抱里折腾。

我会瞅准时机找母亲要钱买糖果吃，母亲自然是拒绝的，甚至还会呵斥。外公就会从兜里掏出一毛两毛的钞票偷偷塞到我手里，但他要求我不能只顾着买吃的，也要买一些书看看。

母亲总是惊讶于我与外公的融洽，在我与外公微微一笑时，她才瞧出一些端倪。她埋怨她的老父亲太宠我，她的老父亲只道我是一个小孩，只要能哄着高兴，快乐就好。

四

外公殁时，应该七十多岁，无病无痛。现在母亲也早已不在，关于他的一些事迹已无从追寻。虽然三十多年过去了，但家乡很多人依然会提起他的名字，他还活在很多人心里。

正直，智慧，直爽，慈祥，是他留在人们心中的印象，这就像一张不会腐烂的名片，刻在他的墓碑上，人们只要经过那儿，就会端详。

所幸，他的后人有很大的作为，我的表哥将事业干得红红火火，宏图大展，就算他在那边，也应该可以感觉得到，总归能扬眉吐气，九泉含笑。

而我，他最小最疼的外孙，早已不是当初的懵懂少年，虽然依然如草芥一般，一事无成，也终于拿起了笔，写一些文字，即使不能大器晚成，也可给他一些慰藉。与他的书墨滔滔相比，我只是蘸得了一丁点墨水，但我想让它们留下一点痕迹，不会轻易被人抹去。

他的事迹星星点点，逐渐模糊，我虽不能恢宏大气地勒石记功，但还是要用拙劣的文字粗略记述。

即使我们在外面再喧嚣，再放纵，再腾达，或者再渺小，我们也不能忘了故乡与故人，那儿是我们的根，他们是我们的亲人，赋予我们以生命，在时，要珍惜，不在，也不能忘记。

沧海桑田，世事如烟，历史的长河波涛汹涌，浮浮沉沉。有的人走了，消失不见，有的人走了，却让人念念不忘，哪怕他普通得像一颗沙，像一滴水，但他留下了爱，一代代绵绵不绝。

病后琐忆，总是亲恩最难忘

那一年，我突生急病，整个人像被扒去了一层皮肉，形销骨立。

在外面没办法诊治了，只得回到老家，拿些药物在家里治疗。那段时间我像被霜打的茄子，甚至那霜还凝在身上，不曾融去，整个人蔫蔫耷耷，苍白得像要断气。

母亲已老了，且还中过风，出门经常要拄根棍子。看着她曾经勃勃生机的幼儿，整天像泥塑一般坐在角落，毫无生气，她满心焦急。

她不知如何劝慰我，与我谈话总是小心翼翼，瞟向我的眼神也是诚惶诚恐，好像亏欠了我许多。我经常没来由地生气，狂乱地叫嚷，之后就是一阵不止息的咳嗽。母亲只能在一边暗自垂泪，或者双手合十，默默祈祷那些该管事的菩萨、神仙多多保佑，让我早一天好起来。

那时我的身体像被抽干了水分，单薄得如同惨淡的命运，可以轻飘飘地拿捏。母亲希望我长胖些，面色红润些，抵抗力强些，每天早晨都会煮一个鸡蛋给我吃。那些鸡蛋都是姐姐送来让她调养身体的，她一个都舍不得吃。

每每我想匀一些留给她，示意我吃腻了，没味口了，这时的母亲就有些霸道了，声音大得出奇，我不动嘴，她能一直盯着我，半步不移。

有一次，我嘴里实在乏味，吃不下去，母亲生气了，我也不理。在推来搡去中，竟将鸡蛋泼到了地上，母亲一下红了眼圈，抱着我哭了，瘦弱的双肩抖动着，白发散乱地覆在我胸前。那种颤抖让我惊悸，那片惨白让我哀恸，我的心久久不能平静，全是无法言说的愧意。

母亲不想看到我整天呆坐着，将心情越弄越糟，她也知道我很自卑，不想到人多的地方去，就想尽一切办法，带着我到后山溜达。

开始两天，我犟得像头驴，死活不去，后来母亲泪水涟涟，甚至要给我下跪。

她只是说她想去后山走走，瞧瞧地方，以后离世了，也知道会落在哪里。她拍了拍自己的身体，说，你看，像我这个样子还能活多久呀，我上不了山呀，你就给我当个扶手，让我天天去看一看。

看着母亲孱弱的身体，犹如风中的枯木，我的泪一下涌了出来。我知道母亲是骗我的，她曾不知多少次跟别人讲过，她要长久地活着，像个不死的老妖，看着我健健康康，看着我成家，看着我生儿养女，还要看着孙一辈的长大成人，一辈一辈绵延。

我不再固执了，我给母亲当起了扶手，牵着母亲在后山转悠。后山成片成片翻过的土地，一些鸟雀在土地里奔跑，还有一些翠绿的麦苗昂着头，轻轻地呼吸。还会有一两只山羊在枯黄的草丛中仔细寻觅，远山有白色的雾霭袅袅升起。

一切该生长的在生长，一切该成熟的已成熟，一切该努力的正在努力，没有什么在抱怨，没有什么可以哭泣，痛苦是自己留给自己的，笑容也是自己留给自己的，而坚强是自己给自己最好的鼓励。

我一下子豁然开朗，我也不是得了什么绝症，我才刚刚二十来岁。我的美好才刚刚开始，还有大把大把的幸福等着我去拥有。我凭什么要自暴自弃，甘于沉沦，凭什么去辜负爱我的人的殷殷期许。

我还不如一个老人，一个不识字的农村老人，一个已中风行动不便的老人。我不仅不能给她激励，给她称心如意，还一味地给她累赘，向她撒气。我的目光太过短浅，我的心胸太过自私，我的思想毫无见地，我不配做她的扶手，她才是我最好的动力。

不知什么时候，我松开了母亲的手，她站得直直的，根本不需要我扶。她的目光盯着远处，脸上有微微的笑意。

冷寂的风抚着她苍白的头发，将一小部分向后拉扯着，她没有理它们，她一直盯着一个地方，满是虔诚，双手合十，喃喃自语。

我顺着她的目光看去，明白了，那儿是父亲待着的地方，一个圆圆的土丘，一个她不时要去说会儿话的地方。她一定在央求父亲，让他保佑我，保佑我健健康康，一世平安，保佑我早点成个家，和和美美。

她一定在央求父亲，叫父亲不要着急，耐心地等一等，她还要陪着她的幺儿，在阳世里，看见幺儿将幸福抱紧。

四周静寂下来，天空也明亮起来，风儿轻轻悄悄地避过我们，向身后溜去。

我一直没有言语，泪却怎么也抑不住，一滴一滴溅落在泥土里，蓬勃起一团一团的暖意。

女　儿

近段时间，一直阴雨连绵，气温下降了不少。吃过晚饭，洗洗澡，泡泡脚，我就爬上床，外面再怎么繁华，毕竟凄风苦雨，被窝才是我在异乡温暖的家。

每到九点多，手机就会响起，女儿就会骚扰一下，与我视频几分钟。尽管信号不是很好，女儿那张漂亮的脸时而晃悠，时而定格，但我还是看得清清楚楚。

浓浓的眉毛，大大的眼睛，黑黑的眸子似珍珠跃动。鼻子不是很挺翘，小时候我经常替她捏捏，不见成效，但现在左看右看，感觉刚刚好。

小嘴巴红润润地，一咧开，就露出白白的牙齿，牙齿后面就吐出一串串亮脆脆的话。

“爸爸，你在做么事呀，你冷不冷呢，你那边落雨冇？”那张脸在屏幕上一会儿远，一会儿近，有时只剩下一只眼睛或一张嘴。

声音时断时续，有一些杂音，那是她不安分的手脚制造出来的。待我一一回答后，她又甩一些话过来了：“老是看书，莫把眼睛看坏了，要是冷要晓得加衣服哈，就穿你过年回家时的那件，好好看。”

这小鬼精灵，一边说，一边咯咯地笑，不时用手拂一下垂下的刘海。我问她妈妈，是不是在旁边教，她妈妈说，她哪儿要人教呀，想到哪儿说到哪儿。

当然，她的问候也有套路可循，最后总是噘着嘴，拿腔拿调，带些抱怨地问：“爸爸，你什么时候回呀，你想不想我们呀，别人的爸爸一年回好几次，你总是忙忙忙。”最后的音量提了很多，拖着长音，听得我耳朵嗡嗡响。

我知道，她虽然一直带着笑，脸上依然那么光洁，没有一丝忧郁，但她小小的心里，一定压着比天还大的委屈。

是啊，别人的爸爸怎么总有时间，别的小朋友怎么可以经常偎在爸爸的怀里，小手怎么经常被爸爸的大手拉着，怎么可以经常跟着爸爸一块唱，一块笑，怎么可以哭了，一边流着泪一边喊着向爸爸奔跑。

别的小朋友怎么可以拿着奖状向爸爸炫耀，怎么可以让作业后面有爸爸的签名，怎么可以一睁开眼，就看到爸爸的鞋子、衣服，还可以闻到那浓浓的汗酸味道。

而这一切，她只有春节时，才可以做到。

有时，在她反反复复追问下，我会说太远了，她就说，也不要你用脚走回来，我说太忙了，请不到假，她会说，全天下就你们忙，你就是不想我呗。

我只好放低声音，说我想多赚些钱，让她们兄妹好好读书，以后她们大些，要用好多好多钱。爸爸没本事，只能多上班，多积攒点，让家里宽裕一些，免得羡慕别人。

她拿着手机沉默了半晌才说，我不眼馋别人穿泡泡裙，不眼馋别人吃肯德基，不眼馋别人有大把大把的画笔，我只眼馋别人有一个经常在家的爸爸。

之后，她不出声了，手机一直在动，一会儿是房顶白晃晃的灯，一会儿是淡黄色的壁柜，一会儿是她放在桌上的书包，或者是一个仰躺着的小洋娃娃。

我无言以对，一直追着镜头看，想看看她红红的眼眶，紧锁的眉，瘪着的嘴，或者轻轻抽搐的鼻子，可一切都看不到。

女儿长得像我，就像一爪掐下来的一样。别人看到她，就会说，哦，这是 ×× 的女儿。

有时，她会冷不丁地问妈妈，爸爸年轻的时候是不是很帅，她妈妈莫名其妙。她会接着说，肯定帅啦，别人都说我像爸爸，我长得这么漂亮，他不帅才怪。

她妈妈一边转述一边笑，我一边笑一边拿起镜子，莫非我真的老了。

浓浓的眉毛，大大的眼睛，方正的脸，只是额上早已现“三”字纹，两鬓已渐白，下巴的胡子楂又密又硬，神情有些萎靡。

我早已不是那个朝气蓬勃的少年，声音早已不再洪亮，肩膀虽然宽阔却有些向下耷拉，我开始老了。

时光一步一步向后遁逃，偷走我们年轻的容颜和昂扬的心态，一代一代，轮回更替，不管是伟人还是庸人，谁也挽留不了。这世上没有唐僧肉，没有灵丹妙药，没有什么永垂不朽，一切都会像尘烟，逐渐缥缈。

女儿慢慢长大了，在生活的无奈中，我欠了女儿太多太多。该牵手的时候没有牵，该给的拥抱没有给，该给的亲吻一直保留。她倒地时，我没有扶，她过生日时，我没有买蛋糕，她流泪时，我没看到，她在旷野中大声喊爸爸时，只有流云对她欢笑。

她只想快快长大，以后嫁到上海，妈妈问她为了啥，她说想离爸爸近一些。

可她不知道，爸爸只是上海的过客，到时候不知在哪里飘。

妈妈点着她的鼻子说，你这个小妖怪。女儿说，不怨我，都是爸爸那个老妖怪，让我以后跑那么远。

我不是妖不是怪，有血有肉，有恨有爱，有希望有遗憾，有一双父亲的肩，有一个男子汉的心胸。我必须直立，无力撑天，但必须让那个家正常运转。

我可以让泪水模糊我的眼，让斥责扇打我的脸，让苦难将我纠缠，让郁闷将我塞填，让孤独陪我成眠，但我不可以怨愤，不可以逃避，不可以沮丧，不可以撒手什么都不管。

我是爱你的，不管白天还是黑夜，晴天还是雨天。譬如这一晚又一晚，一个又一个九点。你在手机那边，你的笑，你的泪，你的娇，你的蛮，你的眉，你的眼，全都在我心里面。

我的女儿，你一直都不曾离我很远，长大以后，也会将这些点点滴滴怀念。

戒了烟，却攥紧了更多的爱

五年了，又在这儿见到他，时光仿佛停滞了一般。他没变什么样，依旧烟瘾特别大，一支接一支，手指熏得焦黄，直浸入骨肉里，一张口，黄黑的门牙里扇出一股浓浓的烟味，像被人牵扯着，向对方的脸上扑，鼻孔里钻。

头上依旧顶着一顶灰白的布帽，顶得极为潦草，帽檐昂着插向天际，永远偏向左侧，他的脸看起来老是向右歪着。他患过小儿麻痹症，落下了残疾，一只脚总是颠着走，起起伏伏之间，脑壳跟着一摇一晃，那仰着的帽子让人很担心，只怕一不留神便落下。

他大样没变，布满皱褶的脸依然经常被笑容挤得极不平坦，但气色正了许多，声音也大模大样，带着洪钟的余音。

家里没啥搞头，还是出来挣几个利索钱。

他递给我一支烟，送给我一大团烟雾，将我笼罩住，他也变得模糊了些，好像退回到五年前。

他叫小幺，在家里排行老五，是真正的幺儿。我认识他时，可不是黄嘴幺儿，已经三十好几了，因有些残疾，一直单着。

他父母早已故去，哥嫂盖起楼房分开另过，他一人守着上人留下的一点祖业，像只老鼠窝在里面，一顿吃饱，三餐不饿。

农村生产，犁田耙地，插秧割麦，他样样精熟。可一年到头，起早摸黑，春耕夏抢，秋收冬播，除了弄几口米饭，吸几碗面汤，将肚子撑得鼓胀，他的手头实在省不下几张闲钱。

他人粗糙，心却细腻，肯动小手，喜欢琢磨，一个大男人，凭着自己的感觉，烧得一手好饭菜。

那一年，他随着我们工程队出来，负责给大伙烧饭，倒也算是物尽其用，人尽其才。

他饭菜自然烧得极好，而且总是变着花样，让人吃不厌，灶台上总是擦了又擦，那一块铁皮一年四季像一面镜子，晃荡出清晰的人影。楼上楼下的房间，他每天里里外外清扫两遍，谁走得匆忙，被褥随便一掀，他也会细细整理，连床单上的沙子都不放过。

有的年轻人不想动，有时间也不愿洗衣服。临到出工时喊一声，小幺，床上有两套衣服帮我洗一下，赶紧的，明天没衣服换了，先用你的洗衣粉凑合着。

小幺一边嘴角叼着烟，一边从喉咙深处拖出一声长长的嗯。

整幢房子弥漫着一股烟味，从各处缝隙向外逸去，散发着淡淡的人气。

大伙在工地上摸爬滚打，经常披着一身灰尘和疲乏回家，小幺总是备好热水和开水，让大家吃好喝好睡好。人舒服了难免思家，饭后睡前，不少人会给爱人打打电话，难免打情骂俏一番。小幺在旁边听着，总会大声插上一句，嫂子，×× 好想你呢，正在床头滚得欢，睡不着呀。

我们也会附和或嘱咐一句，嫂子，在家里留点心，替小幺物色一个，他憋得慌。小幺的脸立马像上了红漆一样，忙不迭地掏出烟，给大伙一人散上一支，还小心地点上火。

他自己猛抽了一口烟，吐出脸盆那么大一块，向上升腾着。他在烟里，眼神明亮，眨动着一瓣一瓣的向往。

他很爱小孩，每逢寒暑假，有家属带小孩来，不管谁家的小孩，没两天便与他打得火热，甚至有不认自己爹娘的架势。

为大人，为小孩，他贴进去不少钱。我们过意不去，逢到年终岁尾，总想给他一些，免得亏了他，他死活不要。后来，大家不再给钱，经常买些烟给他，他几次与人争红了脸，最后不得不接下。

他没有别的爱好，只爱抽烟。他的烟放在明处，谁若一时没有，不用他说，可随便拿。

大多时候，他一个人待在家里，孤独在烟雾中，拧紧眉头，不知不觉睡去。

我们有时会跟他开玩笑，让他去云南或者越南买一个，钱不够，我们替他凑。虽说是玩笑，但说着说着，大伙都乐了，他也像媳妇马上就要进家门一样，乐得忘乎所以。

但还别说，那年秋天，家里还真给他说上了。那是一个寡妇，带着一个女儿，他们一见面，凭着憨厚，老实，能干，女方一口答应了。

虽然我们百般不舍，但那是他人生的大事，我们谁也不能耽误。小幺回去了，成家了，一家三口开始和和美美地过日子。

听说他在家里种菊花，栽油茶，养猪，吃了不少苦。他的野心很大，准备供女儿上大学，准备盖小洋楼，准备买辆三轮车以后带外孙、老伴去城里玩。

这次，他又出来了，没变什么样，真没变什么样，但气色好多了，也许是爱情的滋润，家庭和睦吧。

他扔掉一颗烟屁股，又摸出两支，丢一支给我。呼啦一声，火苗吻着了烟，烟气弯弯曲曲，盘旋成一张网，他像一条甘愿被网住的鱼，在里面快活着。

帽子笔挺挺，斜压在眉毛之上，充满着力量。

这次出来，好好干两年，女儿上大学了，要不少钱呢。油茶，板栗长势很好，快可以变钱了，以后就不用操那么多心了。

烟慢慢散了，小幺的脸清晰起来，被笑容挤着，灿烂了。

他又猛地吐出两个烟圈，掏出剩下的半包烟塞给我。

兄弟，我要戒烟了，你可要监督。以后只要看见我抽烟，你随便怎么骂，怎么打，不要留情面，不要管我这张老脸。钱要省着，用到刀刃上，丫头读书不错，会有出息的。

末了，小幺将嘴凑到我耳边，嘿嘿笑着，老婆子说了，要注意身体，幸福的日子要珍惜，还要过很久呢。

走啦，干活去。

小幺站起身，一颠一颠地走起来，有些踉跄，但很稳健，路很平很直，一直向前伸展。

浓浓的烟味从我耳旁、眼前一点点散开，淡下去，空气一点点明亮起来，氤氲出一丝清甜，顺着背影荡开来。

等

在我们的生命中，有人愿意等你，不管身在何处，被人等着，那是一件多么幸福的事。

小时候，每当放学，夕阳西下，余晖照到厚重的老屋木门上，母亲就会在那里痴痴地望。当别人家的孩子蹦蹦跳跳地从门前过时，母亲会焦急地询问：我家小亚呢，你们怎么没有一起回来。他不会在路上玩水吧，他不会跟别人打架吧。

节假日时，每当我在外面贪玩忘记时辰时，母亲会端着饭碗满垸子喊，挨家挨户地问，总怕我们疯到野外有个什么闪失。

倘若走了亲戚，碰上年纪相仿的伙伴，就会在那边住上几天。但时间稍微长一点，母亲就会托人捎来口信：别长着一个糍粑屁股，粘在人家不知道回来。还会开着玩笑说：将人家的米饭吃多了，过年的时候要你还。

慢慢长大了，离家越来越久，离家越来越远。不光是母亲，连一向寡言少语的父亲也会焦躁不安。

谁规定初中要半个月一次假，高中要一个月才回家一次，而且还要坐汽车，不停地转。

学校蒸的饭是软还是硬，合不合他的胃口，那些青菜萝卜有没有油盐。天冷了他知不知道添衣保暖，他会不会知道与同学搞好关系，亲密无间。

这些问题在父母的心中揉成一团，他们只能一天一天地等，一天一天地算。等到我放假回家的那一刻，他们上上下下左左右右将我看个遍。

他们等来等去，希望我有一个好的前程，一个好的归宿。然而，命运还是让我的人生道路拐了一个大弯，我高考落榜，不得不背起行囊去更远的地方流浪。

我的背影在他们的梦里，越拉越长，他们的目光，随着我匆忙的脚步，被我带到异乡。

他们依旧在不停地等，等着我混出一个名堂。等着我成一个家，等着他们的孙儿孙女，欢欢欣欣绕在他们膝下。

我在异乡坚硬的土地上，越来越找不到方向，他们在家乡苍凉的山岗，一次一次泣血地呼唤，让我经常回家望一望。

我年轻气盛，不知地厚天长，总以为凭借自己的本事，在异乡能够有一番闯荡。总认为时间还大把大把地有，总有一天我要在他们面前现出我最好的模样。我要倾尽全力，献出我所有的孝心，让他们的余生辉辉煌煌。

我只顾着自己暗自思量，却看不到他们早已白发苍苍，脚步踉跄。

他们尽自己最大的力量等我，然而，他们却没有力量让自己的生命延长。

他们等不及了，一个一个停留在屋后的山岗，草木几度枯黄，春来几度秋往，他们一直保持一个恒定的姿势，在另一个世界，一直在等，一直在望。

等来等去，如今他们的儿子，只能每年元宵，携着妻子，和他们的孙儿孙女，在那座土丘旁，与他们一诉离肠。

现在，他们的儿子才明白，有的爱必须等，有的爱一刻也不能等，有的爱可以等到地老天荒，有的爱却越等越心伤。

在爱情的码头，我也曾痴痴地等候，也曾有人为我短暂地停留。也曾有人等过我，给过一些温柔，让我焚心似火。

只可惜，那些亮光只像夏日的萤火，扑闪一阵，便飘散在无从寻觅的夜空。那些在我青春中出现过的人，不管是冷漠，绝情或者温馨，也不管是自己无意中路过，还是身不由已地错过，我都深深地感激。

毕竟在相逢的一刹那，你的心与我的心曾经有过一些感应。你曾为我在某个午后，我曾为你在某个深夜，有过等的焦灼和甜蜜。即使后来有太多的苦涩，那一刻也有不可否认的幸福，谁也无法预料以后。

现在一切早已云淡风轻。我有我的生活，有一直等着我的妻子，儿女，有一个温暖的大门一直朝我敞开着。

你在何处漂流，你在为谁厮守，我俩的世界早已山高水阔，站在各自的两头，不再回眸。

现在我有幸来到了简书，在上面笨拙地写着文字，从去年年初到现在，一直不曾放弃。自己周围人的心情，经历，以及对世界一点浅薄的认识，我都用心地记录。慢慢有人看了我的文字，很喜欢，一直支持，给了我很大的动力。

在这里，我也被人等着，体会到了别样的幸福。

有的简友说，别山，每天看了你的文字我才会睡觉。有的说，真感谢你的文字，我太喜欢了，期待明天一睁开眼，我又会看到。有的说，我一直在，永远不会离开。

有的说，别山，你早点回来，我们聚一聚。也有的说，倘若你到了××，一定要吱一声，我随时恭候，与你醉一场。

看了这些留言，我真的是感激万分。我们素昧平生，只是为着那相同的喜好，而彼此在心灵上获得共鸣，并彼此惺惺相惜，如同面对面，一起微笑，一起成长，这是一种多么巨大的幸福。

我何德何能，承蒙你们厚爱。我只能更加努力，更加用心，用粗浅的文字，分享我的内心，尽量不辜负你们的热情。希望你们能够宽容一些，让我的幸福更加长久。

如今我依旧在异乡，就如同小时候有人等着我一道去上学、放牛、玩耍一样，也有伙伴等着我一道回家，为着家里那一份守候，我们无怨无悔，幸福而忙碌。

不管身在何处，不管何种心境，不管何种身份，你在，我也在，你等，我会来。为着那一份兴趣，那一份责任，那一份追求，我们不枉此生。

感谢生命中有你等着，纵使再长再久的路，我也有信心，朝前幸福地摸索。

这次不幸受伤，有很多朋友问候，期待我健康归来，感觉一样被人等着，即使四周尽是白色的荒漠，心底兀自生出花来，一片片开着。

今天手术，自这一分这一秒起，所有的不好都与我闹僵了，不再往来，所有的好都追着我，与我贴面而歌，奔向有你的前路。

我与你在一起，依旧有深情

这次，我突发奇想，骑自行车去姐姐家。自行车是儿子的，小轱辘小把子，我骑在上面，像小孩摆弄着玩具，模样挺滑稽。

沿路碰到熟人，别人的目光颇为不可捉摸。毕竟现在像我这般年纪的人，骑自行车很少见了。人们有的开小车，有的骑摩托车或电瓶车，如风一样，呼啸而过，威风至极。

只有我，还像中小学生一样，怡然自得，一个人奋力在自己的世界里。不过，这次可累惨了，一公里多的松个冲，路虽宽，坡却太陡，没有力量骑行，弯弯曲曲，耗费我不少精力。回来时，尽管自行车刹车一点问题也没有，我却没有胆量放下陡坡，只是慢慢推下来。

我很懊丧，无论体力和勇气都大不如前，只能仰天长叹，年轻真好。

是啊，年轻多好，曾经凭着一股猛劲，迂回曲折，这个坡我能踩着自行车，爬上一大半。回来时，我能身轻如燕，左冲右突，行云流水般俯冲而下，长长的坡一下子滑过。

那时，我十四五岁，父亲托在城里轻工局的本家叔叔给我家开后门，买到一辆自行车。

那可不得了，那个年代的自行车在农村比现在的小车还稀罕。谁家有一辆自行车，大家心知肚明，谁家就有钱，就是富人，那可是值得炫耀的。

我家有了一辆自行车，那可是个宝贝。只可惜我是老幺，经常跟着空欢喜。大哥二哥大模大样地在打谷场你扶我，我扶你像企鹅一样在车上歪歪扭扭，哪怕跌得鼻青脸肿屁股盘子生疼，也乐得嘻嘻哈哈，劲头不减。

我就跟在后面如同一只陀螺不知疲倦地一圈一圈跑，更多的伙伴又兜在我屁股后，好像是他们家的自行车一样，高兴得不停地疯叫。

只有在两个哥哥都下地了，我在伙伴的撺掇和父母的默许下，才推着自行车出来偷偷学一下。

那时的自行车又高又大，都是直杠，就是将座椅降到最低，我也踩不着。我便要么在直杠上站着骑行，要么将右脚跨过三角架，站着踩半转骑行。

其实，学自行车只要大胆，不怕痛，倒也轻松，几天便可学会，只是苦了后面扶的小伙伴。他们需要花大力气，要眼疾手快，要不停地跑，有时还要善于耍手腕，明明已经松手，还要假装正扶得起劲，用以训练学车者的胆量和勇气。

对那些经常讨好我，给我小人书和一些零食的伙伴，我也会显出一些大度，将自行车给他们学一会。不过要特别叮嘱，要小心小心更小心，人摔着了不要紧，千万别碰坏了自行车。

记得有一次，一个伙伴学自行车时，将龙头上的一块漆磕掉了，他吓得三天不敢登我家的门。母亲以为我们闹矛盾了，还让我拿些糖果去他家赔礼道歉呢。

慢慢地，自行车越来越多，大家经常聚在一起，找一个陡坡，拼了命地朝上攻，这样既可判断出谁家的自行车好，又可看出谁更有力量，然后在坡顶朝下放，一路上两耳生风，大呼小叫。谁若不敢放，便被称作胆小鬼，在学校里一直要被人耻笑的。

有时，我们故意找坑坑洼洼或拐急弯的路骑，锻炼自己的技术。一路上叮叮铃铃，像荡秋千，酸与痛完全不在意。

也有在打谷场炫技术的，或者快速骑行，突然刹车一捏，车子一下停住，看谁能够在车上定得更久。或者将几枚硬币丢在地上，骑车的人扶住龙头，坠下身子，车不能倒和停，谁捡得多谁赢。

每逢这样，人们像看杂技，围了一层又一层，不住地喝彩与鼓掌。农人的快乐就是那么简单，不需要更多的物质，不带什么功利，哪怕再穷，只要开心，就能将日子过得多姿多彩。

那时的我们也是一样，敢于探索，有力量有胆量，不惧困苦与挫折，不会计较与嫉妒，人与人之间更多的是温情。

自行车只是一个载体，载着我们的单纯与快乐，伴着我们成长。那些跌过的痛，受过的伤，早已没有痕迹，而留下的更多的是点点滴滴的爱意。

初中时，每个星期三，二哥会骑着车给我送新鲜的蔬菜，惹得同学们见着二哥都像见着自己的哥一样。

暑假时，姐姐经常捎口信，让我骑自行车去她家摘回一盆一盆的黄瓜，她知道我见着黄瓜就是命。

那年高中毕业，大哥大清早起床，骑行七八十里给我拉回行李，回来之后，大胯痛得直不起身。

我曾骑着自行车载着母亲去舅舅家，让她们姐弟一诉思念之情。

也曾骑着自行车黑灯瞎火地撵电影，对那些清纯的女孩狂吹口哨，惹得她们哈哈连声。

那辆自行车在我家你骑过来我骑过去，涉过小河，爬过坡地，下过集镇，流连过乡村。我们过得很快乐，不管晴天雨天，平坦还是泥泞，有它在身边，我们一直是快乐的。

快乐的日子一去不复返了，自行车不再是主要的交通工具。它越来越小，越来越轻便，仿佛回到了它的童年，只与小孩一起玩耍。

我长大了，已有了衰老的迹象，再也没有从前那么单纯和快乐，仿佛是一个老头，只与自己的固执和消极较劲。

我再也没有从前的勇气和胆量，只过着明哲保身的日子，甚至背后传来清脆的自行车铃声和孩子咯咯的笑声，我都悚然一惊。

自行车的轮子依然前行，带着一圈一圈的力量，而我却背负着手，犹疑地看着四周，斟酌着别人模糊的目光。

自行车少了，我们也老了，慢慢远去，只有那些温暖的时光和淳厚的爱不曾远去，从过去一路陪伴着我们到现在。

那种清脆的鸣声时时震撼着我们，不要老去，不要老去，一直年轻，我们一起用更大的力量迎接下一个黎明。

就如这一次，我与你在一起，依旧有深情。

往事成追忆，何堪寄相思

外面下着雨，我哪儿也不去，我什么也干不了，只剩下回忆。

回忆里有风有雨有狂热的太阳，有花有树有清亮的小溪，有悲有喜有浓浓的情思，有我有你有一辈子的叹息。

认识你，是我此生的幸运，也是我此生不解的难题。你在春天的午后翩翩而来，带着少女的天真，你眨一下眼，犹如蝴蝶振翅，你撇一下嘴，恍如大地在战栗，你朝我走近，一下子让我花开四季。

你并不美丽，你毫无心机，起风时你不介意下雨，赏花时你不哀恸凋零，在夜里你并不刻意与明月同行，你并不时刻在镜子里惋惜容颜的老去，你简单得豪爽大气，你快乐得一心一意。

我是木头，你就是木头上翠绿的叶子，让我透露生机，我是顽石，你就是顽石上漂亮的纹理，将我精心地装饰，我是尘埃，你是微风将我轻轻浮起，浮在阳光下，浮在青春姹紫嫣红的梦里。

我的卑微在你面前，化为粉粒，随风远去，我的怯懦在你面前，无须掩饰，不值一提。你要我像一株白杨，哗啦啦向上，你要我像一片藤蔓，笃实实攀爬，抓牢大地。

你像一个姐姐，精心描摹女红；你像一位老师，苦心孤诣；你像一位朋友，贬错褒对，费尽心机；你更像一个赌徒，将我当成你的唯一，赌着青春，赌着梦想，赌着一起老去，赌着合二为一，赌着地老天荒，你中有我，我中有你。

我经过风历过雨，品过悲尝过喜，有过绝望的哀叹，有过狂妄的梦呓，有过不分东南西北的迷惑，有过挥霍春夏秋冬的得意。

那些过去，只属于自己，像个小孩，无法分辨，尝不到蚀骨的痛，品不出精致的甜，简单粗粝，不知底细。

直到遇见你，我找到了生命的归依，喜莫喜千金拥有，悲不悲韶华易去。烫一壶酒，看夕阳遍地，荡一叶舟，游江湖快意，捧一本书，品人生悲喜，手拉着手，头挨着头，看日月星辰，察古今未来，有你，再平淡再平凡再平庸，也不必在意。

若能如此，此生足矣。这是我们最真的梦，这是上天最好的眷顾，这是我们最好的运气，这是我们苦苦渴求九死不悔的目的。

我没在佛前求过，但我在心里一直希冀，我没在人前表露过，但这是人人都知道的秘密。

窗外的雨越下越大，我的心乱如麻，它透着秋的寒意，一浪一浪向我侵袭，侵入到我的骨子里。

秋风秋雨愁煞人，秋天的回忆让人哭泣，它中断了我的幸运，留下一地的不堪回首，无法捡拾，无从珍惜。

秋天的美好在你离去的那一天，成为我最好的讽刺，让我将它变成黑白，钉在无法触摸的心底。

我们无法掌控命运，你受不了亲情的威逼，无法挣脱现实的樊篱。爱情在理想的国度里可以没有距离，可以近在咫尺，可以不远万里，可以日夜纠缠，可以如胶似漆。可以不食人间烟火，饮水啜露，成为传奇。

但在俗世里，在漂泊的打工者中间，异乡留不下我们太多的足迹，没有我们托付终身的土地，朝发夕至，春去秋来，家乡才是我们永久的归依。

你在东，我在西，你在淮河浣洗，我在长江游弋，一丘一壑，一河一溪，将我们隔断千万里。你无法辜负亲人，舍不得生你养你的桑梓，现实像一张网，我们蜷缩在网中，睁着眼睛，徒留悲泣。

我们漂浮得太久，却不能落在同一片土地，我们梦里的天长地久，在现实却不堪一击。执手相看泪眼，大风起于秋时，断肠融于秋意，我和你无法结出秋的果实，无法相守下一个春季。

你走了，脚步踏过我的心，我的心痛，越过我的手，我的手无力，跨过我的脸，我的脸扭曲，蹬过我的眼，我的眼迷离，迈过我的发丝，我的发丝飘起，你的脚步震撼着我春夏秋冬的四季。

你走了，带走了我的思想，我的触摸，我的视线，我的呼吸，黑夜里无休止的眼泪，我的青春一贫如洗。

我什么都没有了，无法走路，无法言语，无法咀嚼，无法把握，快要活不下去。

你没有回头，你的痛被秋雨涤尽，你的忧伤绊不住俗世的脚步。你消失在天际，天际有问候，有拥抱，有亲吻将你层层包围，人墙里透不出你幽幽的叹息。

我一个人孤独着，孤独着饮尽那份伤，孤独着暗夜的狂欢，孤独着接受那份冥冥的天意。

一个人走，夜很黑，但也会亮，一个人走，路很远，也会有尽头，一个人走，形单影只，沿路也会有美景，春风十里。

一切都已过去，风干在年少的梦里。我已像一株白杨，拔地而起，我已像一片藤蔓，抓牢了大地。

我的伤已成了痂，没有了血迹，我的泪已成了汗，滴落在坚实的步伐里。你共谁欢笑，在谁的怀里哭泣，是否偶尔向西张望，是否将回忆屏蔽，这一切都已不重要，除了祝福，我无法启齿，无从下笔。

今生无缘，来生再续，于我于你，只是一种强颜欢笑的慰藉，《来生缘》的旋律在耳畔轻轻响起。

情深缘浅不得已，你我也知道去珍惜
只好等在来生里，再踏上彼此故事的开始
生生世世，在无穷无尽的梦里
偶尔翻起了日记，翻起了你我之间的故事
一段一段的回忆，回忆已经没有意义

外面下着雨，我哪儿也不去，我什么也干不了，只剩下回忆，回忆已经没有意义。

你的热情，温暖不了我的心

这是一片翠绿的草地，每次当我看着它时，总让我有些迷离，忘记了四季的更替。

在我的记忆里，这个季节，野草是不会出现这样的葱茏绿意，它们应该已经枯黄，从草尖到草根一层一层传递。哪怕有一点儿绿，它也是紧紧地贴在大地，留给有心的人去探寻。

因了这儿一片绿，自然也就少不了花儿白、黄、红的点缀。因了花儿的盛开，蝴蝶也就不请自来。因了蝴蝶的舞蹈，小鸟也在天空鸣叫。

因了风景的柔美，我有空就会往这儿瞧一瞧，希望在这儿瞧出一些熟悉的人，一些熟悉的事，可是，我看不到。

这儿的草还有着三月的鲜嫩，走在那儿，让人忍不住将脚步放轻，怕惊扰了它婴儿般的鼾睡。这儿的花，还保留着夏天的热烈，白得晃眼，黄得夺目，红得心醉。我不是多情的少男，也不是怀春的少女，但它会绊住我的脚步，让我俯下身子，将它仔细聆听。

有拇指盖般大小的蝴蝶贴着草面飞，它们仿佛有使不完的劲，忽上忽下，忽左忽右，像跳着芭蕾。偶尔两只相遇了，便你缠着我，我缠着你，高高低低飞上一程。

有灰色的小鸟落在草地上，蹦蹦跳跳，一会儿低下头，一会儿又昂起头，瞪圆小眼，警惕地看看四周，又或者翅膀一张，弹子一般射向远处的小树，抛落一串脆脆的欢歌。

也会有一只小狗，或者一只猫从某个角落钻出来了，像发现了什么目标，撒开脚丫子跑一阵，然后猛然一滚，胖胖的小肚儿朝天躺着，惬意得不得了。

一切都是生机勃勃，一切都是生机盎然，如果我一直在这儿待着，我相信，我一直拥有春天。

可是，我不能一直在那儿待着，我要去工作，我要去赚钱，我要将我和我的家人养活，我要一直不停地行走。

我不停地行走，树叶在我面前一片一片地掉落，秋风在我脚下一阵一阵地吹起。秋雨也会在某个午夜或者黄昏淅淅沥沥地下起，秋凉便一阵一阵地聚集，进入我的身体。于是，电话便在远方响起，不断地叮嘱，天凉了，可不要太劳累，一定要记得添衣。

我便确信，这真的不是春天，这是一个思念的季节，这是一个牵挂的季节。这种牵挂，会跟着每一片叶子的掉落，每一次秋风的吹起，每一阵秋雨的降临，每一层秋凉的加剧，接踵而至，殷殷不离。

那儿只是一片移植的草皮，那些草儿已经忘记了自己来自哪里，它们早已不会为失去故乡而心悸，它们在异乡乐不思蜀，它们的骨子里没有倔强二字。

它们在异乡招蜂引蝶，争奇斗艳，一直生活在别人的热闹里。它们听不到秋叶的叹息，领略不到秋风的萧瑟，体会不到秋雨的冰冷，更拥有不了秋凉一般越聚越厚的情意。

它们不会枯荣，没有了责任和道义，只为了取悦别人，忘记了自己的春华秋实，将自己的一生活在面具里，它们死得身不由己，活着一直在演戏。

它们忘记了自己的根，忘记了脚下的土地，只追求表面的盛装，底下却没有缠绕的根须，将一生过得勉强而单一。

它们不知道季节的变换，呼吸不出深情的气息，不会思念任何人，任何人也不会将它们真切地惦记。

说到底，它只是一块被移植的草皮，它的命运掌握在别人的手里，它们像浮萍，漂到哪里算哪里。它表情僵硬，没有思绪，不会欢欣，不会哭泣，它不会做梦，也不会有回忆。

这是一片翠绿的草地，一年四季，焕发着春天的美丽。每次看到它时，我有些痴迷，但不想再走近，它的热情，温暖不了我的心。

此时，秋风起于故乡，秋雨落于故乡，秋凉渐起，离人的心上，早有一片苍黄，向着暖阳，牵动着脉脉离肠。

蝉和我

蝉开始鸣起来了，在这个燥热的午后。其实，这些天一直很热，而我也不忙，居然没注意到蝉是什么时候来的。听它们那鸣叫的声音，娴熟轻巧的样子，显然已排练了许多天，宛如生活中的主角。

蝉离我并不远，就在窗外的梓树上。只是今天，我翻来覆去睡不着，蝉鸣才一下钻进我的耳朵里，激越而长久。

我不是蝉，捉摸不出它的心思，反正它是越热叫得越大声，或者在正午，或者在无风的傍晚。不知它是欣喜还是烦闷，它的叫声听不出任何感情。从我记事时起，无论在野外还是村庄，无论是在高枝还是矮树，它就一直那种声音。我无法了解，它们是幸福还是痛苦，是欢唱火热的季节，还是哀鸣自己短暂的一生。

当然，我不是蝉，蝉也不在乎我，它可不管我睡不睡得着，也不管我知不知道它何时来。反正，它按照自己的意愿生活，既然来了，既然盛夏是它生命的春天，它就在它自己的春天里高歌。

它不理会麻雀的叽喳，不埋怨太阳的炙热，只是栖在自己的枝头，为自己的存在而吆喝。饮汁啜露，哪怕只有一个月、两个月的生命，它也要以自己的方式向人们证明，这个世界它曾经来过。

虽然它的叫声简单，乏味，重复，但它从没有想过要停下，它并没有因为别人的情绪而退缩。

比如我，站在窗前，向树叶中的它挤眉弄眼，打手势，大声吼叫，它头都不回，根本不鸟我。

由此一见，我与蝉差得远了。我受不了它的鸣叫，睡不好，醒了又烦，从床上到地上，被它牵着鼻子在卧室走来走去，弄得一身大汗。而它依旧两眼向前，用腿紧抱树干，连一丝讥笑都不留给我，只为自己一生唱一首歌。

像我，太阳一出来，温度一高，就蔫头耷脑，什么都不想做，更别说唱歌，连哼哼都有气无力。

像我，本来做自己的事好好的，别人一吆喝，我就慌了手脚，吓得大气也不敢出，往往半途而废，待在某处怨天尤人，再也鼓不起前行的勇气。

蝉也许知道自己的生命短暂，生如夏花，转瞬即过，它便用高亢的歌声将其拉长，尽管不精彩，但嘹亮，尽管不轰轰烈烈，但留在人的心上。譬如我，譬如你，哪一个不是听着蝉鸣长大，哪个不是一到夏天，就想起了蝉鸣。

可是我们呢，生命比蝉久了几百倍，留下了什么呢，有什么能让别人想起？有的人终其一生默默无闻，没有放过一个响屁；有的人一生浑浑噩噩，醉生梦死；有的人一生追名逐利，为人所不齿。

我呢，也只是顺着生命的足迹，缩着脖子，弓着腰，迟迟疑疑，机械地前行。

生命于我，如同一张白纸，被我挥霍后，揉成一团，被风吹向下一个路口，摇晃着，等待下一场风吹。

我发现，滚动时，没有声音，没有痕迹，看不到尽头，只知道，有一天，生命总会到尽头，而我，两手空空。

我不如一只蝉，敢在火热的天，为生命嘶吼。

当然，我不是蝉，只在这个无聊的午后，因了自己的寂寞，而心底生出无数妄自的揣测，任火热的时光大步大步从身旁哧溜溜地走。

蝉在树上，没有心思理我，依旧高歌，似乎在说，走自己的路，自己对自己负责。声调没变，节奏没变，这个世界仿佛它第一次经过。

提高现代文阅读和写作成绩的金钥匙

别山举水作品
阅读试题详析详解

爱本无言

①家里的电饭煲大的小的有好几个，有的包装都没拆开就被搁在某个橱柜里，有的虽然拆开，但也用几层方便袋套着，藏在某个不轻易触碰的角落。

②被冷落的不光有电饭煲，还有煤气灶。相较于电饭煲，煤气灶偶尔会红火一下，但那也是来了客人，为了多炒几个菜而已。每每这时，它便幸福得吱吱直叫，冲出一些好闻的油味。大多时候，它只能待在土灶的旁边，冷着黑黑的脸，一声不吭。

③最受宠爱的自然是那两个立方左右的土灶了，虽然它的年龄不大，只有十几岁，但经过岁月的磨砺和蒸煮，已经饱蘸着人间烟火，显出一副成熟沧桑的稳健。

④ 它很朴素，其实甚至可以用丑陋来形容。它的身子呈四方形，有些笨拙，黑黝黝地，偶尔某个地方有一小片灰白，似乎是一片皮肤被人抠破了，开始溃烂。它的身子虽然陈旧，但它的台面却很光洁，上面铺着蓝色的瓷砖，只要有人靠近它，人的影子就在台面上跑。

⑤ 灶头立着一根碗口粗的烟囱，直直地捅向屋顶，在瓦面上探出脑袋，睁大着眼，似乎等候远方游子的归来。无论晴天雨天，冬天夏天，一年三百六十五天，一到那个时候，它的思念便化作缕缕炊烟，或向南或朝东，向游子停驻的地方逸去。

⑥ 灶中间是一口大锅，长期的油浸水擦，早已黑得透亮。里面本来要煮六个人的饭食，只因有个人长期漂泊在外，它便时时像藏了心事，将情绪闷成一个个热气腾腾的泡泡，此伏彼起，不断翻滚。而铲米下锅的人，经常用碗量着六个人的米，等到要浸水时，才恍然惊觉，拂拂额角的头发，哑然失笑。

⑦ 灶的前壁是青砖大小的灶口，里面圆圆的，能够包容一切荆棘和杂草，当然，更有无限的暖意。只等爱火一点燃，便蓬勃着，煮起一锅热饭。而袅袅炊烟便爬上屋顶，向远方，向田间地头，向学校飘散，一遍一遍无声地召唤。

⑧ 平时，老灶静默地立在那里，不卑不亢，如同一个慈祥的老人，想着年少时的心事。其实，它有充足的理由傲娇，每天一日三餐，早晨，中午，傍晚，一家老老少少总绕着它转，从它这儿吸取营养，增添力量，一天天成长。之后，家人或去田间收割希望，或去学堂获取知识的琼浆，或去远方将未来闯荡，或者将梦想在夜里远航，去迎接黎明的曙光。

⑨ 电饭煲快捷灵便，但它焖出的饭总显得有些僵硬，似乎

缺少些营养，最主要的是它没有金灿灿的锅巴，沥不出浓稠的米汤。煤气灶炒菜快是快，但太急躁，显不出温热敦厚的稳重，它炒的菜似乎少了一些汗水浸透的烟火味，而多了一些古里古怪的煤气味。

⑩ 土灶虽然换了又换，但伴了我几十年，不光老人喜爱它煮的饭、炒的菜，我和孩子也是特别喜欢。虽然它显得笨拙呆板，但每一步都透着无可替代的温暖。

⑪ 干劈柴进灶，火光一闪，呼啦啦便散出灼热，淘米下锅，煮开沥饭，切菜拌料，油煎烹煮，蒸汽拂面。最后在锅底洒一圈油，将沥干的饭倒入锅里，盖上锅盖，焖上十分钟，米饭诱人的香气便传出很远很远。

⑫ 记得小时候放牛，我们就看烟囱的烟来判断饭熟了没有。“大烟冒，还早哩，细烟冒，正在沥，没冒烟，等一刻，回去吃。”一看没烟了，我们一边唱着歌谣，一边将牛赶得飞快，在母亲的呼唤声中，巴不得一下趴到土灶边上。

⑬ 之所以偏爱吃土灶煮的饭，就因为它烧得格外香，有锅巴，有米汤喝，这是别的灶具无法做到的。

⑭ 饭熟后，揭开锅盖，趁热盛起饭，锅底便留下一层圆圈形的锅巴。只要火候得当，锅巴贴锅底那一面便焦灿灿的，加上洒了一层油，一盛起来，香得让人滴口水。铲下一块放进嘴里，脆得咯吱咯吱响。锅巴可干吃，酥脆爽口，也可用米汤泡着吃，有劲道不硌牙。

⑮ 白米饭盛进盆里，用锅铲铲起锅巴翻个面，再将沥出的粉白黏稠的米汤倒进锅里，将锅巴完全泡着，往灶里塞一小把秸秆，生起一阵小火。一会儿，锅里便有丝线般的蒸汽袅袅升起，

一锅滚热而有营养的锅巴粥就好了。

⑯ 以前，农村养小孩，没钱买奶粉，就用锅巴粥喂。往往吃饭时喂一次，之后，再将多余的盛满一个瓦罐，将菜汤油水拌入，盖上盖子，放土灶里煨着。等到半中午或半下午，小孩饿了，就拿出来倒上一小碗，喂给孩子，其余的又继续煨着，孩子啥时饿了，啥时倒出一些来喂。

⑰ 我们那个年代，都是吃着罐粥长大，真正的绿色环保食物，又有味又有营养，尽管长得不胖，但很结实，很少生病。

⑱ 如今，虽然很多人都建起现代化的厨房，但同时也保留一座土灶。有客人来时，就用那些电器什么的，没客人时，大多用土灶。在烟熏火燎中，米饭格外香甜，锅巴粥格外营养。

⑲ 而我，更是一辈子难忘，那一瓢一勺的喂养，那每滴汗水每声咳嗽中的爱意，如同这座土灶，尽管无言，但始终在我面前，无法抹去，无法消散，永远也不会离去，在我的有生之年。

1．品读全文，简要概括作者家乡土灶的样子。

2．作者提到电饭煲和煤气灶，它们分别有什么特点?

3．品味语言，回答问题。

(1) 结合语境，分析加点词的表达效果。

每每这时，它便幸福得吱吱直叫，冲出一些好闻的油味。大多时候，它只能待在土灶的旁边，冷着黑黑的脸，一声不吭。

(2) 从内容理解角度赏析第 5 段画线句子。

无论晴天雨天，冬天夏天，一年三百六十五天，一到那个时候，它的思念便化作缕缕炊烟，或向南或朝东，向游子停驻的地方逸去。

4．文章第12自然段是否多余？为什么？

参考答案：

1．（1）土灶的年龄：年龄不大，却成熟稳健；（2）土灶的外表：呈四方形，身子陈旧笨拙，台面光洁，有些朴素甚至丑陋；（3）灶头烟囱直捅屋顶；（4）灶中大锅黑得透亮；（5）灶口圆圆的，暖暖的。

2．电饭煲特点：数量多但基本不用；虽快捷灵便但焖饭有些僵硬，缺营养，没有锅巴和米汤。

煤气灶特点：偶尔用一下；炒菜太快缺少稳重感；没有烟火味倒有煤气味。

3．（1）待：一般指人在某处停留，这里是说煤气灶大多时候都处于闲置，在土灶面前基本没多大用处。此处运用了拟人的修辞手法，生动形象地写出了煤气灶备受冷落，反衬出土灶很受人们的欢迎。

（2）该句运用了拟人的修辞手法，将土灶人格化，“思念化作炊烟”，则是化抽象为具体。作者不说自己思念故乡的土灶，反倒说是土灶思念游子，立意新奇，生动形象写出了作者（游子）漂泊在外时思念家乡的土灶、家乡的味道的淡淡乡愁。

4．不多余。内容上：（1）第12段写作者同小伙伴唱歌谣——根据烟囱的烟判断饭熟没熟；（2）儿童的歌谣多反映当时的生活现状，歌谣中反复出现烟冒，也能判断出土灶跟村民的生活息息相关。（3）歌谣的出现生动有趣，为文章增添了一抹生活气息。

结构上：该段运用了插叙，衬托出土灶在百姓生活中的重要性。

病后琐忆，总是亲恩最难忘

①那一年，我突生急病，整个人像被扒去了一层皮肉，形销骨立。

②在外面没办法诊治了，只得回到老家，拿些药物在家里治疗。那段时间我像被霜打的茄子，甚至那霜还凝在身上，不曾融去，整个人蔫蔫耷耷，苍白得像要断气。

③母亲已老了，且还中过风，出门经常要拄根棍子。看着她曾经勃勃生机的幼儿，整天像泥塑一般坐在角落，毫无生气，她满心焦急。

④她不知如何劝慰我，与我谈话总是小心翼翼，瞟向我的眼神也是诚惶诚恐，好像亏欠了我许多。我经常没来由地生气，狂乱地叫嚷，之后就是一阵不止息的咳嗽。母亲只能在一边暗自垂泪，或者双手合十，默默祈祷那些该管事的菩萨、神仙多多保佑，让我早一天好起来。

⑤那时我的身体像被抽干了水分，单薄得如同惨淡的命运，可以轻飘飘地拿捏。母亲希望我长胖些，面色红润些，抵抗力强些，每天早晨都会煮一个鸡蛋给我吃。那些鸡蛋都是姐姐送来让她调养身体的，她一个都舍不得吃。

⑥每每我想匀一些留给她，示意我吃腻了，没味口了，这时的母亲就有些霸道了，声音大得出奇，我不动嘴，她能一直盯着我，半步不移。

⑦有一次，我嘴里实在乏味，吃不下去，母亲生气了，我

也不理。在推来搡去中，竟将鸡蛋泼到了地上，母亲一下红了眼圈，抱着我哭了，瘦弱的双肩抖动着，白发散乱地覆在我胸前。那种颤抖让我惊悸，那片惨白让我哀恸，我的心久久不能平静，全是无法言说的愧意。

⑧ 母亲不想看到我整天呆坐着，将心情越弄越糟，她也知道我很自卑，不想到人多的地方去，就想尽一切办法，带着我到后山溜达。

⑨ 开始两天，我犟得像头驴，死活不去，后来母亲泪水涟涟，甚至要给我下跪。

⑩ 她只是说她想去后山走走，瞧瞧地方，以后离世了，也知道会落在哪里。她拍了拍自己的身体，说："你看，像我这个样子还能活多久呀，我上不了山呀，你就给我当个扶手，让我天天去看一看。"

⑪ 看着母亲孱弱的身体，犹如风中的枯木，我的泪一下涌了出来。我知道母亲是骗我的，她曾不知多少次跟别人讲过，她要长久地活着，像个不死的老妖，看着我健健康康，看着我成家，看着我生儿养女，还要看着孙一辈的长大成人，一辈一辈绵延。

⑫ 我不再固执了，我给母亲当起了扶手，牵着母亲在后山转悠。后山成片成片翻过的土地，一些鸟雀在土地里奔跑，还有一些翠绿的麦苗昂着头，轻轻地呼吸。还会有一两只山羊在枯黄的草丛中仔细寻觅，远山有白色的雾霭袅袅升起。

⑬ 一切该生长的在生长，一切该成熟的已成熟，一切该努力的正在努力，没有什么在抱怨，没有什么可以哭泣，痛苦是自己留给自己的，笑容也是自己留给自己的，而坚强是自己给自己最好的鼓励。

⑭ 我一下子豁然开朗，我也不是得了什么绝症，我才刚刚二十来岁。我的美好才刚刚开始，还有大把大把的幸福等着我去拥有。我凭什么要自暴自弃，甘于沉沦，凭什么去辜负爱我的人的殷殷期许。

⑮ 我还不如一个老人，一个不识字的农村老人，一个已中风行动不便的老人。我不仅不能给她激励，给她称心如意，还一味地给她累赘，向她撒气。我的目光太过短浅，我的心胸太过自私，我的思想毫无见地，我不配做她的扶手，她才是我最好的动力。

⑯ 不知什么时候，我松开了母亲的手，她站得直直的，根本不需要我扶。她的目光盯着远处，脸上有微微的笑意。

⑰ 冷寂的风抚着她苍白的头发，将一小部分向后拉扯着，她没有理它们，她一直盯着一个地方，满是虔诚，双手合十，喃喃自语。

⑱ 我顺着她的目光看去，明白了，那儿是父亲待着的地方，一个圆圆的土丘，一个她不时要去说会儿话的地方。她一定在央求父亲，让他保佑我，保佑我健健康康，一世平安，保佑我早点成个家，和和美美。

⑲ 她一定在央求父亲，叫父亲不要着急，耐心地等一等，她还要陪着她的幺儿，在阳世里，看见幺儿将幸福抱紧。

⑳ 四周静寂下来，天空也明亮起来，风儿轻轻悄悄地避过我们，向身后溜去。

㉑ 我一直没有言语，泪却怎么也抑不住，一滴一滴溅落在泥土里，蓬勃起一团一团的暖意。

1．认真阅读文章，在下面表格空白处填写恰当的内容。

故事情节	“我”的感受
(1)________________	蔫蔫耷耷
(2)________________	(3)________________
“我”同母亲去后山转悠	(4)________________

2．品味语言，回答下列问题。

(1) 结合语境，分析第 4 自然段加点词的表达效果。

她不知如何劝慰我，与我谈话总是小心翼翼，瞟向我的眼神也是诚惶诚恐，好像亏欠了我许多。

(2) 从环境描写的角度，赏析第 12 自然段画线句。

后山成片成片翻过的土地，一些鸟雀在土地里奔跑，还有一些翠绿的麦苗昂着头，轻轻地呼吸。还会有一两只山羊在枯黄的草丛中仔细寻觅，远山有白色的雾霭袅袅升起。

3．文章两次写到母亲“双手合十”，阅读文章请分别作简要解析。

4．认真阅读本文 4 至 10 自然段，与《秋天的怀念》比较，找出两篇文章有哪些共同点？有什么作用？

那天我又独自坐在屋里，看着窗外的树叶“唰唰啦啦”地飘落。母亲进来了，挡在窗前：“北海的菊花开了，我推着你去看看吧。”她憔悴的脸上现出央求般的神色。“什么时候？”“你要是愿意，就明天？”她说。我的回答已经让她喜出望外了。“好吧，就明天。”我说。她高兴得一会儿坐下，一会儿站起：“那就赶紧准备准备。”“哎呀，烦不烦？几步路，有什么好准备的！”她也笑了，坐在我身边，絮絮叨叨地说着：“看完菊花，咱们就去‘仿膳’，你小时候最爱吃那儿的豌豆黄儿。还记得那回我带你去北海吗？你偏说那杨树花是毛毛虫，跑着，一脚踩扁一个……”她忽然不说了。对于“跑”和“踩”一类的字眼，她比我还敏感。她又悄悄地出去了。

参考答案：

1.（1）“我”突生疾病，在家药物治疗；（2）母亲与我争执中将鸡蛋泼洒，母亲拥抱我；（3）惊悸、哀恸、愧意；（4）要努力、微笑、坚强。

2.（1）“瞟”是斜着眼睛看的意思。文中指母亲不敢正眼看我，生怕惹我生气。这是人物的神态描写，生动形象地写出了母亲的小心翼翼，关爱孩子的一举一动。（2）“翻过的土地”“奔跑的鸟雀”“翠绿的麦苗”“寻觅的山羊”“白色的雾霭”，拼凑成一幅闲适恬淡、富有生活气息的山景图，烘托出作者此时内心的自由、惬意的心情，为下文的豁然开朗做铺垫。

3.（1）第一次“双手合十”，是母亲祈祷菩萨神仙保佑“我”早日康复；（2）第二次“双手合十”，是母亲央求父亲耐心等等她，保佑“我”健康平安、成家立业、和美幸福。

母亲两次“双手合十”，都是在为我祈祷，为我祝福，体现了一位母亲对孩子深沉的无私的无言的爱。

4．共同点：语言描写、动作描写（或神态描写）。

作用：（1）内容上，都写出了母亲因关心“我”生怕惹“我”生气的小心翼翼，写出了母亲因想让生病的我振作起来而鼓励我出门，表达了母亲对“我”细致入微的体贴和关怀。（2）结构上，为下文作者振作起来做铺垫，自然引出下文。

藏在心中的春

①轻风一吹，微雨一落，春天就伴着阳光日渐生长的力量，施施然地来到了人间的四面八方。

②不管是山旮旯，还是水洼边，还是水泥缝里，也不管是野生的，还是家养的，只要有生命，那些植物沾了雨露，全都开始怀春，为了延续，进入了又一个轮回。

③这块草坪属于公共场所，所幸没有被周围的居民用锹或篱笆一块一块地蚕食。草坪上长满了各种或浓绿或鹅黄的杂草和低矮的植物，有的冒出瘦瘦的脖颈，有的撑起星星点点的花，贪婪地呼吸着从高楼的缝隙挤进来的风，漏进来的雨水和偷偷逸进来的阳光。

④只要施予阳光雨水，大地绝不吝啬它对人类的馈赠。这不，此时的草坪上，东一棵西一棵的蒲公英，顶着圆盘状的黄花，向早起的人们展现它们羞涩的美。

⑤人类往往看到美好的东西，从骨子里早已习惯了摧残。说得冠冕堂皇一些，那不是摧残，那是为人类造福，只要我写点文字歌颂它们，它们就应该感激涕零，欢呼人类再造之恩。

⑥这点蒲公英如果长在牡丹花丛中，那就与美好不沾边了，也许早就被践踏成泥，不见片叶。但它长在这杂草中，且能开出艳艳的花，瞧它那微微摇曳的身姿，当知道它的内心欢畅无比。

⑦当清晨的第一缕阳光尚未幸运地洒在它们身上时，一片片铲刀扼杀了它们的向往。许多居民拿着铲刀，提着方便袋，将

它们连根铲起。

⑧“野生的，纯绿色的，好吃。”

⑨“可以清炒，也可凉拌呢。”

⑩“还是药呢，可以泡着喝。哈哈，争取长命百岁。”

⑪可怕的是，人们不光自己鼓起劲去摧毁，还会千方百计地拉上同伴。甚至，那些本无所谓的看客，也很快被感染，用手抠，用石头砸。即使只有三两棵，即使一会儿便觉得毫无用处，起码在这时，也要拼了命地寻找，拼了命地斩草除根。

⑫譬如我，一听说可以清火解毒，立即放下书本，弓起身子，如同草鸡觅食，四处翻腾起来。

⑬很快，我的双手沾满了泥，我的面上满是汗水，我的腰坠得隐隐作痛，但我顾不了这些，无论一蓬，无论单支，无论老得掐不动，无论嫩得一捻就断，统统进入我的袋子。

⑭人多力量大，整个草坪再也见不着一棵蒲公英。但人们并不气馁，相约着下个礼拜再来。

⑮“这东西贱着呢，四处生长。过不了几天，又会冒出好多，到时再来让它们干翘翘，哈哈。”

⑯我也学着人们的样子，将蒲公英洗干净，然后放在阳台上晒。为了更快地享用它，以灭了我心中的热火，我非常上心，不时地翻晒它。

⑰这两天太阳真大，加上我的勤奋，很快，蒲公英的叶子全都卷着边，包得紧紧的，原来笔芯那么大的茎已枯萎得如同丝线。用手触动它们，便发出沙沙的响声，一些叶子趁机脱离，撵着清风而去。

⑱它的生命早已蒸发进丝丝缕缕的空气中，飘飘荡荡不知

来路了。然而，它的生命依旧在它的身上，并倔强地展开给我看。

⑲ 原来那些金黄的花朵，逐渐失去了水分，风干得苍老而又单薄，忽而某一天，趁我不注意的时候，它们蓬松开来，一眨眼白了头。它们的种子在那绒毛当中若隐若现，期待来一场春风，将它们吹散，落在泥土里，生长出下一个春天。

⑳ 它们的白头并不是忧愁所致，并不是愤懑所致，并不是被无情践踏的痛苦所致，而是一种拼死以赴的追求，一种绝地反击的成熟，一种死了都要爱的执着。

㉑ 即使肉身不存，即使根系已朽，即使魂飞魄散，也要满怀希望，蓄积出种子，迎接下一个春天。

㉒ 只是，在这个春天还没结束时，我的火气一下蹿上来，将它们丢弃在阳台之下。

㉓ 茎和叶落在土地上，已无法分辨。有种子邂逅了风，开始了生命的舞蹈。

㉔ 不知道来年，它们又能遇见什么样的人。也许它们已不屑为这个问题所困扰，反正到哪儿，都是一样的命运。

㉕ 春在它们心里，人们看不见。

1．文章开篇极尽笔墨描绘春天，有何用意？

2．品味句子，按要求赏析。

(1) 结合语境，分析第 11 自然段加点词的表达效果。

甚至，那些本无所谓的看客，也很快被感染，用手抠，用石头砸。

(2) 从修辞手法的角度，赏析第 3 自然段画线句子。

草坪上长满了各种或浓绿或鹅黄的杂草和低矮的植物，有的冒出瘦瘦的脖颈，有的撑起星星点点的花，贪婪地呼吸着从高楼的缝隙挤进来的风，漏进来的雨水和偷偷逸进来的阳光。

3．阅读第 22 自然段，结合上下文，作者为什么将费尽心力采来的蒲公英丢弃在阳台下？

4．如何理解文章结尾“春在它们心里，人们看不见”？

参考答案：

1．（1）照应题目，既然是“藏在心中的春”，肯定要有春天的景色，突出春天的勃勃生机；

（2）与下文写众人摧残蒲公英形成强烈对比，盎然春意下更突显了人们的贪婪自私。

2．（1）“抠”和“砸”都是动词，“抠”指用手指挖，“砸”指用重物打。这句话意思是说看客们为寻得几棵蒲公英，竭尽各种姿态，用手抠用重物砸，无所不用其极。正面描写反映了看客们的贪婪之貌。

（2）这句话运用了拟人和排比的修辞手法。将杂草和植物拟人化，生动形象地描绘出春天万物生长的蓬勃面貌，而排比句更显文章气势，增强抒情感，突出表现了春天的生机勃勃、盎然春意。

3．一是作者看到经过翻晒的蒲公英渐渐枯萎，生命飘然却依然倔强，作者深感愧疚，定不忍心再拿它泡茶；二是作者想给这些蒲公英一次生的希望（或答满怀希望，蓄积出种子，迎接下一个春天）。

4．（1）春天本该是万物生长，带着蓬勃朝气，伴着盎然生机的。即使蒲公英被人采摘了去，依然倔强着蓄积种子，带着使命迎接下一个春天。所以说，春在像蒲公英这样倔强的生命的心里。

（2）人们仅为一己私欲，摧毁了蒲公英，也摧毁了春天，所以说人们看不到满怀希望的春天。

(3) 春是藏在蒲公英的心里，在此也照应了题目“藏在心中的春”。

等

① 在我们的生命中，有人愿意等你，不管身在何处，被人等着，那是一件多么幸福的事。

② 小时候，每当放学，夕阳西下，余晖照到厚重的老屋木门上，母亲就会在那里痴痴地望。当别人家的孩子蹦蹦跳跳地从门前过时，母亲会焦急地询问：“我家小亚呢，你们怎么没有一起回来。他不会在路上玩水吧，他不会跟别人打架吧。”

③ 节假日时，每当我在外面贪玩忘记时辰时，母亲会端着饭碗满垅子喊，挨家挨户地问，总怕我们疯到野外有个什么闪失。

④ 倘若走了亲戚，碰上年纪相仿的伙伴，就会在那边住上几天。但时间稍微长一点，母亲就会托人捎来口信：“别长着一个糍粑屁股，粘在人家不知道回来。”还会开着玩笑说：“将人家的米饭吃多了，过年的时候要你还。”

⑤ 慢慢长大了，离家越来越久，离家越来越远。不光是母亲，连一向寡言少语的父亲也会焦躁不安。

⑥ 谁规定初中要半个月一次假，高中要一个月才回家一次，而且还要坐汽车，不停地转。

⑦ 学校蒸的饭是软还是硬，合不合他的胃口，那些青菜萝卜有没有油盐。天冷了他知不知道添衣保暖，他会不会知道与同学搞好关系，亲密无间。

⑧ 这些问题在父母的心中揉成一团，他们只能一天一天地等，一天一天地算。等到我放假回家的那一刻，他们上上下下左左右右将我看个遍。

⑨ 他们等来等去，希望我有一个好的前程，一个好的归宿。然而，命运还是让我的人生道路拐了一个大弯，我高考落榜，不得不背起行囊去更远的地方流浪。

⑩ 我的背影在他们的梦里，越拉越长，他们的目光，随着我匆忙的脚步，被我带到异乡。

⑪ 他们依旧在不停地等，等着我混出一个名堂。等着我成一个家，等着他们的孙儿孙女，欢欢欣欣绕在他们膝下。

⑫ 我在异乡坚硬的土地上，越来越找不到方向，他们在家乡苍凉的山岗，一次一次泣血地呼唤，让我经常回家望一望。

⑬ 我年轻气盛，不知地厚天长，总以为凭借自己的本事，在异乡能够有一番闯荡。总认为时间还大把大把地有，总有一天我要在他们面前现出我最好的模样。我要倾尽全力，献出我所有的孝心，让他们的余生辉辉煌煌。

⑭ 我只顾着自己暗自思量，却看不到他们早已白发苍苍，脚步踉跄。

⑮ 他们尽自己最大的力量等我，然而，他们却没有力量让自己的生命延长。

⑯ 他们等不及了，一个一个停留在屋后的山岗，草木几度枯黄，春来几度秋往，他们一直保持一个恒定的姿势，在另一个世界，一直在等，一直在望。

⑰ 等来等去，如今他们的儿子，只能每年元宵，携着妻子，和他们的孙儿孙女，在那座土丘旁，与他们一诉离肠。

⑱ 现在，他们的儿子才明白，有的爱必须等，有的爱一刻也不能等，有的爱可以等到地老天荒，有的爱却越等越心伤。

⑲ 在爱情的码头，我也曾痴痴地等候，也曾有人为我短暂地停留。

⑳ 只可惜，那些亮光只像夏日的萤火，扑闪一阵，便飘散在无从寻觅的夜空。那些在我青春中出现过的人，不管是冷漠，绝情或者温馨，也不管是自己无意中路过，还是身不由己地错过，我都深深地感激。

㉑ 毕竟在相逢的一刹那，你的心与我的心曾经有过一些感应。你曾为我在某个午后，我曾为你在某个深夜，有过等的焦灼和甜蜜。即使后来有太多的苦涩，那一刻也有不可否认的幸福，谁也无法预料以后。

㉒ 现在一切早已云淡风轻。我有我的生活，有一直等着我的妻子，儿女，有一个温暖的大门一直朝我敞开着。

㉓ 现在我有幸笨拙地写着文字，写周围人的心情，经历，以及对世界一点浅薄的认识，我都用心地记录。慢慢有人看了我的文字，一直支持，给了我很大的动力。

㉔ 在这里，我也被人等着，体会到了别样的幸福。

㉕ 有的朋友说：别山，每天看了你的文字我才会睡觉。有的说：真感谢你的文字，我太喜欢了，期待明天一睁开眼，我又会看到。有的说：我一直在，永远不会离开。有的说：别山，你早点回来，我们聚一聚。也有的说：倘若你到了我这，一定要吱一声，我随时恭候，与你醉一场。

㉖ 听到这些，我真的是感激万分。我们素昧平生，只是为着那相同的喜好，而彼此在心灵上获得共鸣，并彼此惺惺相惜，

如同面对面，一起微笑，一起成长，这是一种多么巨大的幸福。

㉗ 我何德何能，承蒙你们厚爱。我只能更加努力，更加用心，用粗浅的文字，分享我的内心，尽量不辜负你们的热情。希望你们能够宽容一些，让我的幸福更加长久。

㉘ 如今我依旧在异乡，就如同小时候有人等着我一道去上学、放牛、玩耍一样，也有伙伴等着我一道回家，为着家里那一份守候，我们无怨无悔，幸福而忙碌。

㉙ 不管身在何处，不管何种心境，不管何种身份，你在，我也在，你等，我会来。为着那一份兴趣，那一份责任，那一份追求，我们不枉此生。

㉚ 感谢生命中有你等着，纵使再长再久的路，我也有信心，朝前幸福地摸索。

㉛ 这次不幸受伤，有很多朋友问候，期待我健康归来，感觉一样被人等着，即使四周尽是白色的荒漠，心底兀自生出花来，一片片开着。

（文章有删改）

1．通读全文，概括文章讲述了哪些人的“等”？

2．品味句子，按要求赏析。

(1) 结合上下文，分析加点词的表达效果。

这些问题在父母的心中揉成一团，他们只能一天一天地等，一天一天地算。

(2) 从人物描写的角度，赏析第4自然段画线句子。

但时间稍微长一点，母亲就会托人捎来口信：“别长着一个糍粑屁股，粘在人家不知道回来。”还会开着玩笑说：“将人家的米饭吃多了，过年的时候要你还。”

3．结合全文，分析作者为什么说“有的爱必须等，有的爱一刻也不能等”？

4．如何理解文章结尾的“即使四周尽是白色的荒漠，心底兀自生出花来，一片片开着”？

参考答案：

1．(1) 父母的“等”：等我回家，等我放假，等我成家立业，等孙儿孙女环绕膝下；(2) 妻儿的“等”：等我回到温暖的家；(3) 曾经红颜的“等”：等一个结果。(4) 读者的“等”：等我的文字，等欢聚一堂。

2．(1)“揉”，用手来回擦或搓，团弄。这里是说这些问题在父母的心中反反复复地出现。表现了父母对儿子的生活和学习牵肠挂肚。在此将这些愁绪化抽象为具体，仿佛这些担忧都有了分量，更加凸显了父母对儿子的无尽的牵挂。

(2) 运用了语言描写，一方面表现了母亲担心孩子在别人家待久了给别人带来麻烦；另一方面表现了母亲内心期待孩子多在家陪伴自己。

3．(1) 有的爱，如父母对子女的爱，不计回报，自然愿意为儿女而等；(2) 有的爱，如子女对父母的爱，孝心不能等，等来等去，等到最后父母已不在，所谓的“等”，也就意义全无。

4．运用了比喻的修辞手法，将病房比作成“白色的荒漠”，生动形象地暗示了身处困境的遭遇。而友人亲人的“等”让我充满希望和动力，将此希望比作“荒漠的花”，也象征着作者被等待的幸福包围，也将满怀希望，一往无前地向幸福迈进。

红　薯

①小时候家里很穷，粮食不充足，餐餐能吃大米饭那是一种奢求，母亲便经常弄一些别的花样，让我们度过那半饥不饱的岁月。

②小麦收了，便经常吃些火烧粑，面疙瘩片，汤汤水水，弄个肚儿圆，南瓜熟了，便经常吃些小半米饭大半南瓜黏稠的南瓜饭，红薯挖出来了，便经常在锅边搭一些红薯蒸熟，一碗红薯，半碗米饭。

③红薯属于一种高产作物，易耕种，不需太多的精力管理，产量又大。它既可生吃也可熟吃，还可制成薯片，油炸着吃，经济实惠，因此，那个时候，家家户户都会种不少的红薯。

④红薯只需留几个作种子，下在菜园里。待它长出禾苗，牵出藤蔓，到该移植的季节，将每一个枝杈剪作一节，插进土地里，浇上水，就可成活。

⑤当然，栽红薯的地必须垒成一条条约三十公分高的埂子，间距约二十来公分，将土弄蓬松，以后红薯就长在埂子里，又大又光溜。

⑥垒梗子的活自然父亲做了，需要相当的力气，我只管插枝苗，再在禾苗旁边围一个小圈，将母亲挑来的水一瓢一瓢舀进圈里。

⑦别看禾苗当时蔫头耷脑，气息奄奄，可经过两三天雨露的滋润，一支支像吃了兴奋剂，挺直了腰杆，向着太阳张望。

⑧ 此后只需锄锄草就可以，经过一两个月的生长，禾苗郁郁葱葱，连成一片。藤蔓底下逐渐结果，埂子开始发胀，有的地方还裂开了缝，红薯在底下仿佛在向我们招手。

⑨ 此时，它们逐渐成了我们觊觎的目标。放牛时，将牛散在河滩上，我们像特务一样，借助树木与草丛的掩映，迂回曲折，匍匐前行。接近目标时，掀开藤蔓，专挑那裂了缝的埂子用手挖，手挖不动就用棍子一点一点地戳开土，将那一个个宝贝摘下，再将根须埋回土里，它们还可继续生长，结果。

⑩ 那时的衣服口袋多，将上上下下装得鼓鼓囊囊，便可凯旋。倘若偷到一半，有人来了，放哨的人便发出信号，我们火速撤兵。没吃到红薯，我们的心是不甘的，总会再等时机。就像猫儿闻到了腥，没下到口，焦急蹿跳，心情极为不爽。

⑪ 偷来的红薯在河水里洗净，不用削皮，张口就嚼，咯吱咯吱，又甜又脆。生的吃饱了，再将一些埋在干燥的河沙下，捡来柴火，在上面生起火来，半个时辰不到，一股香甜的味道便渗出沙子，飘荡开来。

⑫ 迅速撤火，用棍子拂去滚烫的沙子，外焦里嫩的红薯便露了出来，我们像饿牢放出的人一样，心急火燎地将红薯拨到潮湿的地方降温。

⑬ 这样烤出来的红薯不会糊里巴焦，又软又香，味道纯正。

⑭ 只是农人看到了河里的烟柱，便会吐口唾沫咕哝一声，这帮兔崽子，不知又祸害谁了。

⑮ 等到晚饭时，肚子还撑着呢，母亲便会狐疑地望着我，又偷红薯吃了。我连忙掩饰，可手还是习惯性地摸向嘴角，那儿经常会留下一抹黑印，好像从来都没擦净。

⑯ 等到十月底，季节到了，红薯已完全成熟。父亲拿着耙锄，挑着竹筐，母亲也挑着竹筐，我提着茶水，来到红薯地里，开始挖红薯。

⑰ 父亲扬起耙锄，每一锄下去，翻出一大堆土，里面便是大大小小的红薯，一串串地，根连着根。他的眼劲很准，从没伤着红薯，好像红薯怕他似的。

⑱ 而我，要么是将红薯拦腰截断，要么钉在耙齿上甩也甩不掉。

⑲ 红薯年年都丰收，一筐筐一箩箩地堆进屋里，每当这时，父母的脸上挂着笑，心里是甜蜜的。父亲有时会让我挑一只光溜的洗干净，递给他，他一边嚼着，一边盯着红薯，神情专注。也许他的心里充满感激，是这些红薯让他的孩子不再挨饿，一年一年健康地成长。

⑳ 接下来的一段时间，红薯饭是必不可少的。大的红薯，母亲就削去皮，切成一块块的，小的红薯就洗净，整个地搭在快上汽的饭里。

㉑ 要不了多久，满厨房都是红薯浓郁的香甜味道，而我的哈喇子早流了一地。

㉒ 开锅饭第一个肯定是盛给我的，我只要红薯，甚至不允许上面粘一颗饭粒。母亲便会笑着说，我们都不吃，管你吃个饱，下一餐只蒸红薯了，只要你吃不厌就行。

㉓ 我还真吃不厌呢，恨不得将脸埋进红薯里。

㉔ 红薯太多了堆在地上容易烂，需要挖地窖，里面垫些柴火包裹起来，再覆上土，等到来年春季挖出来，接着吃。

㉕ 于是，每天到隆起的土丘那儿仔细查找，看有没有塌陷，

有没有老鼠打的洞，成了我雷打不动的任务，否则，进了水，一个烂掉，像传染病般，所有的都会烂掉。

㉖ 红薯茎可以作菜，既可吃新鲜的，也可腌着吃，非常美味。

㉗ 在那个特殊的年代，红薯就是粮食，就是我们的恩人，虽然我们没有穿得暖，但可以吃得饱。它们静静地埋在土里，不吵不闹，不炫不争，朴实得像土疙瘩。在我们需要时，才忍痛离开土地，如同辞别了父母，为我们奉献全身。

㉘ 虽然我已辞别故乡，父母已离我远去，可我的根在那儿，就像红薯眷恋着大地，那种质朴的情感温暖而深情。

㉙ 那揭开锅盖后，朦胧的蒸汽中满是香喷喷的味道，不仅牵引着我的味觉，也牵引着我的目光。母亲似乎一直在那儿微笑，父亲似乎一直在那儿看着少年一天天长大，强健。

㉚ 然后，挥一挥手，少年跨出了门槛，向后一望，目光便撞碎了父母的心。

㉛ 那种时光似乎一直静止，静止在少年逐渐老去的思绪里，安详而宁静，忧伤而明媚。

㉜ 红薯红薯，你还在长吗？少年少年，你还在望吗？

㉝ 岁月岁月，你能够回头吗？思念思念，你永远年轻吗？

1．结合全文，说一说红薯有哪些特点。

2．品味语言，回答下面问题。

(1) 结合上下文，分析加点词的表达效果。

别看禾苗当时蔫头耷脑，气息奄奄，可经过两三天雨露的滋润，一支支像吃了兴奋剂，挺直了腰杆，向着太阳张望。

(2) 从人物描写角度，赏析第9自然段画线句子。

接近目标时，掀开藤蔓，专挑那裂了缝的埂子用手挖，手挖不动就用棍子一点一点地戳开土，将那一个个宝贝摘下，再将根须埋回土里，它们还可继续生长，结果。

3．如何理解文章第 31 自然段中“目光便撞碎了父母的心”？

4．作者在描述红薯时，运用了大量的写作手法，如“挺直了腰杆”“向我们招手”“不吵不闹，不炫不争”……有什么好处？

参考答案：

1．(1) 红薯是高产作物。易耕种，产量大。(2) 吃法多样，经济实惠。既可生吃也可熟吃，油炸薯片、烤地瓜、蒸红薯饭、腌红薯茎等。(3) 易成活，生命力强。剪一节枝杈插进土里浇上水就可成活。

2．(1)“挺”，伸直，突出的意思。文中指红薯秧被雨露滋润后，甚至茎叶，茁壮成长。再次运用了拟人的修辞手法，形象生动地写出了禾苗的生机勃勃，生命力顽强，与前文蔫头耷脑形成对比。

(2) 运用了一系列的动作描写，将作者和小伙伴们偷红薯的过程描绘得细致入微，看出他们技能熟练，同时也突出了我们对红薯的喜爱之情。

3．一是将目光具体化，用这种夸张的形式突出父母的牵挂；二是说父母不忍让孩子远行，作者带着父母的牵挂远离故土。

4．运用拟人的修辞手法，将红薯人格化，生动形象地写出了红薯更像一个童年的伙伴一样陪伴着作者，突出了作者对红薯的喜爱之情。

蘑菇

①近一段时间，上海阴雨连绵，气温下降，寒意阵阵，日子过得很无趣。

②老家也是如此，雨时大时小，到处湿漉漉，气温也很低，小孩都穿起了袄子。这个时候，很多人去山上采蘑菇，朋友圈里晒出绵绵的远山，满筐满箩的蘑菇，让我生出无限的向往。

③我向往巍峨的山，潺潺的溪，成片的林，满目的黄绿交替。我向往成群的伙伴，欢快的笑声，蹬蹬的脚步，微微的喘息。而那一只只黄的、红的、灰的蘑菇，或者偎依在树根旁，或者潜在茅草里，像羞涩的少女，亭亭玉立，这才是我所有的向往里，最让人牵肠挂肚的。

④在外打工，经常会吃蘑菇，或者打汤，或者炒青菜。有的滑腻腻，淡而无味，像一块块橡皮，有的干得像老树枝，嚼不烂咬不细。它们都是种植的，没有香味，一点都不鲜嫩。

⑤它们不是长在山上，没有吸收青山绿水的灵气，就像从小离家的孩子，灵魂里缺了思念的深情。这些蘑菇，吃了第一次不会惦记着第二次，吃了第二次，并不计划吃第三次，有时只是为了变变花样，换换口味。

⑥这几天总感觉睡得不踏实，到现在才明白，原来是看了朋友圈，看了他们发的动态，看到了他们满载而归采摘的蘑菇。

⑦我并不是一个特别讲究的吃货，但对于家乡的这种蘑菇却毫无抵抗力，恨不能天天将它当饭吃。

⑧我已不吃它许多年了，扳着指头怎么都算不清楚，因为

脑子里全是蘑菇，像一朵朵盛开的鲜花，香味四溢。

⑨ 儿时的我们，每到这个季节，只要山上有蘑菇，一放学，书包一甩，挎上一个竹篮，就往山上冲。

⑩ 大别山区的这种蘑菇叫作枞树菇，一般长在朝阳的山坡上，特别是有松树的地方，而且它很恋旧，今年长在这儿，明年也还在这儿长，并不随着风儿走，也不由着雨水流。

⑪ 有时天阴沉沉的，重重的云依旧压在头顶，有时雨后初霁，晕红的太阳像个气球，懒洋洋地挂在西山头，随时都想坠下去。我们像猴子一般，吱吱叫着，刚才还在这山，一眨眼又跳到那山。个个都眼睛瞪得溜圆，用手或脚拨开一蓬一蓬的草，弓着身子如同侦察兵。

⑫ 有的蘑菇不太合群，一只孤傲地立在一处，如同哲人沉思，有的蘑菇太爱凑热闹，几只挨挤在一起，甚至都变了形，也有些有毒的蘑菇趁乱混在一起，以为我们分不清。

⑬ 每每看到蘑菇，就像见着宝贝，惊叫之时早已俯下身子，将它小心地扯出，哪怕茎断了，我也要将断掉的一截捡起，嗜它如命。

⑭ 放学在山上待的时间不能太长，天很快就要黑下来，采到够一碗时，我们也不贪心，毕竟还有明天，还有后天，最好是每天都能尝尝这人间美味。

⑮ 回到家后，我将它们掰开，拿到池塘细细地清洗。记得有一次，一瓣蘑菇漂到塘中间去了，我硬是脱掉衣服，下水蹚过去将它捞起，惹得半坑子人到现在还拿这事笑话我。

⑯ 平时，我是不洗菜只管吃菜的，只有蘑菇，才能让我省下玩耍的时间，尽心地侍弄它。父亲曾笑着说，要包下那片长蘑菇的山，让我每年吃蘑菇，喝蘑菇，搂着蘑菇睡，陪着蘑菇长。

⑰ 母亲一般用蘑菇下面条或面疙瘩片，蘑菇下了之后，我一直就围着灶台转，像猫儿瞅着了水池的鱼。当袅袅蒸汽升起时，那种鲜美的滋味溢得满屋都是，我的鼻孔就会咻溜咻溜地不停耸动。

⑱ 开锅之时，第一碗肯定是先盛给我，不然，我会急的。一蓝边碗热热的汤面，在我手里不停地转着圈，吹皱的汤水逐渐浅下去，我的额上、脸上的汗水一道道地淌下来。母亲就会拿过一条毛巾，一边替我揩汗，一边嘱咐我吃慢些，别像抢一样，锅里多得是。我哪里听得进去，在毛巾蒙住我的眼时，我的嘴还摸索在碗沿上。

⑲ 一顿面下来，我的舌头烫木了，早已品不出鲜香，可那种滋味早已浸进我的身体，嵌入我的灵魂，攫取了我永远的记忆。

⑳ 我对那种蘑菇情有独钟，我虽没搂着它睡，但它却陪着我成长，童年，少年，青年，一直在我左右。

㉑ 只是现在，我一直在外打工，当它长在故乡的山上时，我却没有机会回到它身边。当我回去时，它却早已完成它的轮回，消失不见。我们就这样不断地错过一年一年的约定，只能不断地怀念，不断地回忆。

㉒ 我像一只风筝孤独地飞翔在异乡的天空，这儿没有绵绵的山，清清的水，白白的云，欢快的歌。这儿的高楼很朝阳，但朝阳的顶上生不出蘑菇，这儿的草很翠绿，但没有蘑菇与它相依偎。

㉓ 这儿的天一直在下雨，我觉得很无趣，故乡的天也一直在下雨，我想几步就跑回去。

㉔ 因为那儿有蘑菇，像一把把小伞，遮住游子潮湿的心。它带着浓浓的故乡味，就像我的亲人，不远千里，在我的梦里将我追寻。

1. 根据第 3 自然段画线句子，仿写两个句式相同的句子。

我向往巍峨的山，潺潺的溪，成片的林，满目的黄绿交替。我向往成群的伙伴，欢快的笑声，蹬蹬的脚步，微微的喘息。

2. 品味语言，按要求回答问题。

（1）分析下面句子加点词的表达效果。

个个都眼睛瞪得溜圆，用手或脚拨开一蓬一蓬的草，弓着身子如同侦察兵。

从修辞手法的角度，试分析第 5 自然段画线句子。

它们不是长在山上，没有吸收青山绿水的灵气，就像从小离家的孩子，灵魂里缺了思念的深情。

3. 结合全文，分析第 19 自然段作者为什么说蘑菇的滋味“早已浸进我的身体，嵌入我的灵魂，攫取了我永远的记忆”？

4. 本文在写作手法和构思上极具特色，请就一点简要分析。

参考答案：

1. 我向往蔚蓝的天，洁白的云，自由的鸟，灿烂的朝霞晚霞。我向往新鲜的空气，放肆的奔跑，沿途的风景，赞许的目光。

2. (1)“弓”，弯曲的意思。这里指我和小伙伴弯着身子在山林草丛中找蘑菇。表现了童年时的我们对蘑菇的痴迷和喜爱。

(2) 该句运用了比喻的修辞手法，将在外打工吃的蘑菇比作从小离家的孩子，形象生动地表现了在外吃的蘑菇没有山水的灵气，没有故乡的味道。表达了作者对故乡蘑菇的无限怀念之情，更有思念故土之情。

3. 儿时的我在山坡上处处寻蘑菇，看到蘑菇就采，嗜它如命；我对蘑菇下面条情有独钟；它陪伴我的童年，少年，青年，一直在我左右；我因吃不到家乡的蘑菇睡觉不踏实。

4．略。

秋　雨

① 秋在秋风的簇拥下，其实早就来了。

② 坠落在地上的黄叶，人们身上的长衣长裤，垂下头颅的稻穗，都已经大明大白地昭示着，秋在高天，秋在远山，秋在眼前，秋在脚下。

③ 但秋却并不这样本分，它总怕人们忽略了，在清晨，硬生生地来了一场雨。

秋雨来得并不急，但却很密。一根根，一截截从灰蒙蒙的天上错落着栽下来，撞在水泥地面，缩成一个个绿豆大小的黑点。慢慢地，点叠着点，点挤着点，形成一片片褐色的面。雨水越来越多，终于，面也撑不住了，到处撕裂，到处串联，整个土地披上一件薄薄的湿衫。

④ 一丝丝凉意从水里浸出来，爬上阶梯，摸进房子，环住了我的身子，我禁不住打了一个冷战。

⑤ 山尖上升起了乳白色的雾气，像河里的泡沫，缓慢地流淌。在那堆泡沫里面，有一只什么鸟扑腾着，不知是喜悦还是难受，若隐若现。

⑥ 稻谷黄了，一条条横横竖竖的黑色垄沟，将它们撇成一片一片灿烂的希望。只是现在，它们低着头，静默着，任雨水肆

意地冲洗，无法言说那隐隐的忧伤。

⑦ 池塘边的柳树，挺直着腰肢，一枝枝柳条，像被什么拉着，紧绷着强吻着水面。叶子翠绿像重新染过一样，那分明是浣洗的美人，朦胧着千般说不清楚的爱意。

⑧ 池塘里，一朵一朵巴掌大的涟漪，如同盛开的花，眨眼又娇羞地合上。雨水像怕惊着水里的鱼儿，只轻轻地，轻轻地将身子融进去，瞬间没了影踪。

⑨ 池塘边种着一棵南瓜，藤蔓覆盖了床单那么大一片土地。雨在这儿就热闹了。它们雀跃着朝那又厚又大的叶子上蹦，砸出沙沙的声音。积得多了，某片叶子身子一歪，一汪清亮亮的水滋溜一下，快速钻进草丛中。一朵朵喇叭状的南瓜花，挤出叶面，被雨水溅得一颤一颤的，妩媚得更加金黄。

⑩ 路面上一只花狗卷起尾巴，瘪着肚皮，踩着零碎的脚步，转来转去，像寻找昨日留下的记忆。无奈，地面已全部湿透，早已换了天地。花狗吐了吐舌头，猛一摇身子，无数细碎的水珠掉落在地，然后，朝前冲去。

⑪ 不知谁家的屋里，传来一声鸡鸣。也难怪，本来下雨的天气，天就亮得迟，现在的鸡都关在窝里，黑漆漆的，它们根本不知道黎明已经到来。

⑫ 自然，它们更不知道季节已变换。

⑬ 它们不知道，这场雨来得多么地不合时宜。山上的板栗熟了，等着人们去采摘。地里的花生季节到了，等着人们去收拾。水田的稻谷黄了，等着晾干好收割。

⑭ 这场雨，也许会让板栗烂一些，也许会让花生在地里发芽，也许会让谷子被水泡。

⑮ 这场雨，浇在农人的心里，很冷。

⑯ 我立在窗前，远处朦胧了，逐渐看不清。雨打在玻璃上，声音不大，却很有力，似乎要穿透过来。

⑰ 有人为了打发时光，撑着伞，在塘边钓起鱼来。

⑱ 不知道他看着浮标，心静不静。

1．阅读第 1 至第 10 自然段，用自己的话概括一下秋雨下景物各有什么特点。

景	特点
山尖雾气	缓慢流淌
鸟	若隐若现
稻谷	(1)__________
柳树	(2)__________
池塘	(3)__________
南瓜	(4)__________
花狗	(5)__________

2．品味句子，回答问题。

(1) 试分析加点词语的表达效果。

但秋却并不这样本分，它总怕人们忽略了，在清晨，硬生生地来了一场雨。

(2) 从内容理解、表达效果上分析第 6 自然段画线句子。

它们低着头，静默着，任雨水肆意地冲洗，无法言说那隐隐的忧伤。

3．文章第 12 自然段有什么作用？

4．结尾说“不知道他看着浮标，心静不静”，有何用意？

参考答案：

1.（1）低头静默，任雨水冲洗；（2）腰肢挺直，柳条紧绷，柳叶翠绿，朦朦胧胧；（3）涟漪阵阵；（4）南瓜叶又厚又大，积雨水；南瓜花一颤一颤，更显妩媚金黄。（5）灵动淘气。

2.（1）“硬生生”的意思是态度生硬。文中是说秋并不本分，秋雨的降临是突然的、故意的。表现了作者对秋雨的不满。

（2）运用了拟人的修辞手法，将稻谷人格化，形象生动地写出了稻谷被淋后势必影响收成，在此更是暗指农人们因大雨突降而担心庄稼遭损。

3．结构上，承上启下，承接上文讲黑夜中鸡并不知道黎明已到来，引出下文说自然也不知道雨来得不合时宜，自然过渡；内容上，暗示了秋雨不知道给农人带来多大的困扰和忧伤。

4.（1）表面上是说垂钓者的心静不静，实际上是暗示了作者内心不静，为农人收成不好而担忧；（2）对比。垂钓者或许内心平静，但却有人为秋雨而愁，突出了农人不易；（3）以此结尾，引人深思，带给读者无限联想，言有尽而意无穷。